宇宙連合から地球の皆様へメッセージ 3

宇宙連合から宇宙旅行への招待

セレリーニー・清子＋タビト・トモキオ 共著
Sererini Kiyoko & Tabito Tomokio

たま出版

宇宙連合から宇宙旅行への招待

目次

フィウリー総司令官緊急メッセージ

私は宇宙連合フィウリー総司令官です。
宇宙連合より地球の皆様へ、再びメッセージをお送りいたします。

まず宇宙連合とは、
宇宙全体が法則により、調和された素晴らしい状態に存続されることを目的としており、その目的を果たすために、宇宙の星々の方々が意識を持って活動しております。

そこでこの度、宇宙連合より緊急メッセージがございます。

間もなく、地球の皆様の一人一人の生き方が問われてくる日がまいります。
その時期は、皆様の想像よりもかなり早くなってくると思われます。

つまり、「自分達だけが良ければいい」という、不調和な生き方をされている方々は、

宇宙の法則により、

結局、自分の為《な》した不調和な思いが、貴方がた自身に不調和な姿として跳ね返り、これより、突然死という方々も急増してまいります。

戦争の原因がどこにあるのかさえも未だ分からない地球の方々にとって、私共からの今までのメッセージは、本当の意味で心に響くものではなかったのかもしれません。

しかし中には、今自分に出来ることを行っていくことが、結局一人一人の心に働きかけ、その想いが更にそれぞれの分野で広がることによって、地球の破壊をくい止めようという大きな働きとなっていくための活動をなさろうとしてくださっている人達もいらっしゃいます。

その方々は、どうぞ信念を持って、更に進めていってください。

お祈りをすれば、平和が訪れると思っていらっしゃる方は、そのお祈りを更に現実的なものとして、具体的な行動に表していただければと思います。

毎日不自由なく暮らすことの出来る方は、その少しの余分を、飢餓や貧困に苦しんでいる方々のために、渡してあげようという努力を、ぜひ行っていただければと思います。

お陰様で、宇宙への想いは大勢の方々に広がりました。
私共の願いとすれば、その宇宙に広がった想いで、もう一度、その宇宙という立場から、地球を眺めていただきたいと思います。

地球の本当の姿、今まさに滅亡に向かいつつある姿を知ることが出来た方は、どうぞ、その皆様の手足を使って、自分に出来る行動を表していただきたいと思います。

地球に住むことの出来ない状況が来た時に、
宇宙船にいち早く乗り、助けていただきたいと思われたとしても、
それは「貴方がたの生き方がどれだけ地球を大切にし、貴方以外の大勢の方を大切に出来たのか」ということがなされなかった方には、その宇宙船への招待はありえません。

また普段の生活の中で、

たくさんの悩みや・苦しみや・問題を抱えていらっしゃる方は、どうぞ、今の自分に与えられた、その苦しみを解決に向かわせることが、貴方自身の生き方をもう一度、自ら問い正すことになると思いますので、その道を進んでいっていただきたいと思います。

結局のところ、

「人はどのような生き方をしていったら、人と人が仲良く幸せに、大切にしあって生きることが出来るのか？」という、テーマが与えられていると思いますので、そのことを、それぞれの道程《みちのり》を歩みながら、さまざまな経験を通して獲得していく道であると思います。

地球の皆様はたいへん意識も進化され、科学も発展してまいりましたが、やはりここでもう一度、「自分達が行ってきたことが、結局この地球をどのような状態にしてきたのか？

また自分達の子供の心に、どれだけ影響を与えてきたのか？」を今一度振り返って、反省していただかなければなりません。

どのように、自分の姿を取り繕《つくろ》うことが出来たとしても、その方自身の真実の姿は、私共にはすべて知ることが出来ます。

そのため、人に隠すことの出来ないものである、ということを知っていただいて、「自分の本当の姿を、どのようにしていったらいいのか？」を今一度、深く考えていただきたいと思います。


地球の自然破壊は貴方がた、皆様の手によって為《な》された訳ですから、その自らが為した行動によって、貴方がた自身も破滅の道に向かわない訳にはいかなくなってしまうからです。

出来れば、そのようになっていただきたくないとの願いから、私共は何度となくメッセージを送らせていただきました。

※『宇宙連合からのファースト・メッセージ』（㈱文芸社刊）
※『宇宙連合から宇宙船への招待』（㈱たま出版刊）を参照してください

宇宙連合からの介入を具体的にして欲しいという願いを、きっと持たれる方もいたと思いますが、それは、地球の皆様一人一人が自立した姿として、自らが為《な》した行いは、自らが刈り取っていただかなければなりません。

私共宇宙連合といたしまして、地球の皆様にお伝え出来ることは、一日も早く自らの生き方、心の状態を真剣に見つめていただき、反省した後は、どうすればいいのか？というそのことを、一つ一つ実際に行動として表していっていただくことを希望します。

その具体的な内容は、貴方がた自身の中《うち》から与えられた答えを、良心の促しとして受け取っていただき、間違いなくそのことを素早く、表していくことを願ってやみません。

中には自分の命はもう必要ない、いつ死んでもいいのだと、反対に消極的な思いを、お持ちの方もいらっしゃるかもしれませんが、

貴方の愛する方、子供達や孫達のためにも、その与えられた時間を最大限に、有効に活かしていただきたいと思います。

貴方が子孫のために表そうとしたその思いは、必ず形として多くの方々に広がりを持つと言えます。

一人の行う行動には、限りはあるかもしれませんが、そのことを、一人でも大勢の方が力を合わせて行《おこな》っていただければ、また地球の将来と、子供達の将来を変化させることも出来るかもしれません。

それは貴方がたの思い一つにかかっている訳です。今の状況としてはたいへん厳しい状態にあります。

私共の緊迫した思いは、地球の皆様には、なかなか届きにくいのかもしれませんが、「地球が危ない」と思えた方は、自分と自分以外の方々のために、そしてこの地球を守るために具体的な行動を、一日も早く表していただきたいと思います。

そしてこの度、宇宙連合の役割を担《にな》っていただいています、地球人の方々の意識体を通して、特別な宇宙体験をしていただきました。その方々の体験の全容を次にお伝えしておりますので、どうぞ参考までにご覧ください。

なお、その宇宙体験に続きまして、「宇宙連合・なんでも相談室」に寄せられた多くの質問に対しても、さまざまな回答をお伝えしております。
人にある悩みは自分にもある悩みである、というような受け取り方をしていただきながら、一つ一つ自分だったら、どのような答えを目の前にいらっしゃる、その悩んでいる、苦しんでいる方に、差し上げることが出来るだろうか？　という相手の方を思う深い愛を持ち続けながら、貴方なりの考えもぜひ比較検討していただきたいと思います。

人は、その与えられた人生の中で、たくさんの苦しみや悲しみに出会い、その中で深く胸を痛め・悩んでしまわれる方が多い訳ですが、その悩みは、貴方がたが必ず乗り越えることの出来る、解決することの出来るぎりぎりのものが与えられております。
どうぞそのことを信じて、途中で諦《あきら》めないで、きっと解決出来るのだという強い信念を持って、自分に出来ることをぜひ毎日行っていただきたいと思います。

人は一人で生きることは出来ません。

「大勢の方との関わりの中で、どのようにしていけば、皆が仲良く幸せに暮らせるのか？　お互いを認めあい、大切にしあって生きることが出来るのか？」という大きなテーマが与えられています。そのテーマに向かって積極的に生きること。それ一つさえも、貴方に与えられた人生の生きる意味でもあると言えます。

どうぞ「自己中心的な今までの生き方がどうであったのか？」を深く反省していただいて、

もっと心を大らかに、地球や、宇宙のすべてのもの達に思いを向けるくらいの気持ちで、

更に更に、貴方の世界を広げていっていただきたいと思います。

貴方が一つの愛を表すことによって、

その愛はまた他の方に伝わり、そしてその方がまた他の方へと、その一つの投げかけが、大きな波紋となって、まだ見ることの出来ない方々にも、素晴らしい波及効果を、表していっているのだということも、ぜひ知っていただきたいと思います。

人に与えられている役割は、皆それぞれ違いますが、

その役割の大小に関わらず、間違いなく言えることは、必ず自分以外の他の人のためにも、非常に役に立っているのだということですよね。

大げさなことから始めるのではなくて、
一人一人が出来る、その細《ささ》やかなことの積み重ね、それがこの地球にとって、
今最も大切なことであると言えます。

このメッセージに触れることの出来た方は、どうぞ、一人でも多くの方に私共の意が伝わりますように、たくさんの人達にこの三冊※の本をお渡しいただき、またお伝えいただければと思います。

三冊の本とは
※『宇宙連合からのファーストメッセージ』〔(株)文芸社刊〕
※『宇宙連合からの宇宙船への招待』〔(株)たま出版刊〕
※『宇宙連合からの宇宙旅行への招待』〔(株)たま出版刊〕

17

フィウリー総司令官緊急メッセージ

『宇宙連合から地球の皆様へメッセージ③　宇宙連合から宇宙旅行へ招待』から読まれる方のために

登場人物の紹介

フィウリー総司令官

宇宙連合の総司令官。高い意識レベルにあり、包み込むような優しさで地球人四人から尊敬と信頼を寄せられる。地球上に再びアトランティス・ムー両大陸の悲劇を起こさせないため、役割を担った者達に宇宙連合の使命を伝え、その指導に携わる。

せい子

いつも素直で正直、どの人にも親切で人を大切にする性格から生まれながらにして宇宙連合の使命を受け、フィウリー総司令官に今回で二度の宇宙体験をさせてもらい、さらに真理に一歩近づく。

トモキオ

長年宇宙の真理を深く探究してきたため、特別に宇宙連合より高い意識体の方々の指導を受け、地球救出の役割を担う。冷静沈着な性格で科学的視野で真理探究する。

美和さん

せい子の親友で共に宇宙連合としての使命を受ける。いつも明るく元気で積極的な性格は、宇宙での未知の体験にも果敢に挑戦する。食いしん坊で宇宙の食べ物は特にお気に入り。

タカシ君

怖がりで詮索好き。子供の時から宇宙に大変興味があり、親友の美和さんの紹介で今回の宇宙旅行に初参加。彼にとって命がけの体験が深遠な宇宙への理解をさらに深めることとなる。

宇宙連合から宇宙旅行への招待

やった！　待望のフィウリー総司令官、現れる

待ちに待った、その日がようやくやって来ました。

あの日以来、三人は再び宇宙船への招待を毎日待ち望んでいたのでした。

三日前のある晩のこと、
いつものように三人が宇宙旅行についておしゃべりをしていると、突然、部屋全体が黄金白色の光に包まれ、キラキラッと光り輝き始めたかと思うと、まるで天国にでも招かれたかのような、ウキウキとした気持ちになりました。

「あっ！　やったー！　きっとどなたかお出でだわ！」

と勘の鋭い美和さんが、喜びのあまり一番に叫びました。

せい子は、

「今日はどなたがいらっしゃるのかなぁ」

と心待ちにしていると、

「きっと総司令官だと思うよ」

とトモキオは静かにつぶやきました。

そして間もなく、私達の目の前にはいつものように高潔なお姿の、フィウリー総司令官がニッコリと微笑みながら、スーッと静かにお立ちになられ、優しく、そして美しいお声でおっしゃいました。

「皆様、たいへんご無沙汰をしておりました。今日も宇宙旅行のことを楽しそうにお話になっていらしたようですが、早速ですが、実は今回はちょっと変わった更なる体験を計画しておりまして、よろしかったらぜひ参加していただきたいと思い、ご相談にあがりました」

その時、一番に反応したのは、やはり美和さんでした。

「やっぱりフィウリー総司令官だった！　またお会いできてとても嬉しいです。私は貴方様がおっしゃることでしたら、なんでもＯＫです」

と美和さんは自分達の希望が叶えられた嬉しさのあまり舞い上がってしまい、お話の内容も聞かない前からＯＫしてしまったのでした。

総司令官はその美和さんの素早い反応に思わず微笑まれ、おっしゃいました。

「美和さん、いつも明るく元気で、そして決断力も優れていると思いますが、もしよろしかったら、私からの話も聞いていただけますか？」

美和さんは自分の早とちりに思わず顔を赤らめ恐縮してしまいながらも、耳だけはダンボの耳のように大きくさせて、今度こそは、とお話に聞き耳を立てるのでした。

再び総司令官がお話の続きを始められました。

「この度のちょっと変わった更なる体験とは、実は皆様方の肉体は地球においたまま、意識体のみを宇宙船にご招待して、今度はもっと違う宇宙旅行を楽しんでいただきたいと思い、そのような計画をしているのですが、いかがでしょうか」

「あの～、肉体は地球においたまま、意識体のみが宇宙旅行するというのが、ピンとこなくって、何がなんだか分からないわー？？？」

とせい子が眉間《みけん》に皺《しわ》を寄せながら、本当に困ったような表情で珍しく考え込んでしまいました。

するとトモキオは「大丈夫、大丈夫！」と手で合図しながら、説明を始めました。

「僕には総司令官のおっしゃる意味がよく分かります。つまりこうですよね。

例えば、僕達が寝ているときは自分達の意識体も一応休んでいますが、今度はその休んでいるはずの意識体が、まるで肉体を伴わない透明人間のような感じで、宇宙旅行するんですよね」

一人で説明して、そして一人でウンウンと納得しながら、もう既に気持ちはその生まれて初めて体験するであろう宇宙旅行に思いがいっており、いつも冷静なトモキオには珍しく、三人の内で一番の喜びを素直に表していました。

その時、美和さんが叫びました。

「やったー！　私達透明人間になれるんだー！　私、絶対に乗りた〜い！」

好奇心旺盛な美和さんは、何がなんでもこのチャンスを逃したくないと思ったのでした。

「う〜ん。透明人間なら悪くないわね。それっていいかもね〜」

せいい子はふふふと口元を押さえながら、先ほどとは打って変わって心なしか嬉しそうに言いました。なぜなら今まで誰にも内緒にしていましたが、実は透明人間になることが小さいときからの長年の夢だったのです。


このようにして三人がそれぞれの思いに耽《ふけ》っていると、総司令官がゆっくりと三人の顔を順番にご覧になられて、にこやかにおっしゃいました。

「では、皆様それぞれに参加を希望していただけましたようですね。私共としましても、たいへん嬉しく思います。

ところで、今回は貴方がた以外に、どなたかもう一方《ひとかた》ご希望の方がいらっしゃれば、その方もご一緒していただいてもよろしいのですが…」

するとと、総司令官のお話が終わるか終わらないかのうちに、一秒の差もなく美和さんがすぐさま答えました。

「フィウリー総司令官。私達の古い友人のタカシ君を連れていって上げていただけませんか？　彼はご存じだと思いますが、いつも私達を助けてくれた方ですから、ここで恩返しをして上げたいと思います。

それに一生の思い出になるような楽しい体験をさせて上げたいと思います。いいでしょ？　どうぞお願いします。ぜひお願いします。何としてでもお願いします…」

美和さんは少しおっちょこちょいの性格を持つ反面、友達想いの心の優しいところがあり、今もその千載一遇《せんざいいちぐう》のチャンスを大切な友人のために与えて上げたいと、涙を流しながら必死の思いで何度も何度もお願いしたのでした。

総司令官はその美和さんの優しい素直な心を感じ取られて、

「分かりました。美和さんのおっしゃる通りに、今回はタカシさんを特別にご招待して、皆様とご一緒にまいりましょう。

では、その日は三日後ということで、夕方六時にお迎えに上がります。特に何も準備する必要はございませんので、ご安心ください。

きっと今回は更に思い出深い宇宙旅行になることと思います。

どうぞ、皆様楽しみになさってください。それではその日までごきげんよう」

そうおっしゃるとパッと目の前から姿を消されたのでした。


「私、早速タカシ君に連絡しなくっちゃ」

美和さんはいそいそと携帯電話にメールを入れました。

「キャ！　タカシ君が今から来るみたい」

「美和ちゃん何てメール入れたの？」

「『三日後に貴方も宇宙旅行へ招待されたよ』って送ったんだけど…」

「そしたら何て？」

「『信じられない。からかっているのか。今からそちらに行く』ってちょっと怒っているみたいよ」

それから三〇分もしないうちに、タカシ君は息を切らしながら慌ててやって来ました。

彼は家に入るなり「どうも済みませ～ん」と頭をぴょこんと下げるのでした。

実は意味のない挨拶をするのが彼の口癖なのですが、今日はさすがにいつもより心なしか緊張している様子でした。

「あの〜。僕も宇宙旅行へ招待されたというのは、本当ですか？　美和ちゃんによくからかわれることが多いので、今度もと思ったんですが、でも、わざわざメールしてきたところを見ると、やっぱり本当かな？って。トモキオさん、本当はどうなんですか？　何を聞いても驚かないつもりでいますから…」

トモキオはたいへんまじめな口調で少し戒《いまし》めるように、次のように言いました。

「タカシ君。君は宇宙船に乗ってどうしたいの。多分、今度の宇宙旅行は今までにない貴重な体験になると思うけど、もしかしたら二度と地球に帰って来れないかもしれないし、もしうまく帰って来られたとしても、肉体から意識が離れたままということになるかもしれないよ。大丈夫かな？　心の準備は出来ているかい？」

「ええ、えっー！　僕まだ死になくないしー、でもこのチャンスは逃したくないし…」

と両手で顔を押さえながら、うううぅと唸《うな》るような訳の分からない行動を取り始めました。彼はいつも真剣に考え始めると、そのような仕種《しぐさ》をするのですが、三人はそれを見て目配せしながら、彼の様子を少し見守ることにしました。

しばらくして、ようやく彼の様子が少し落ち着いてきたような頃を見計らって、トモキオが再び口を開きました。

「タカシ君。僕達も一緒だから、そんなに心配することはないよ。いざとなれば、みんながついているからさ…」

「タカシ君、心配しないで。私がフィウリー総司令官に頼んであげたんだからね。いつも宇宙船に乗りたいって言っていたでしょ。男なんだから勇気を出して行こうよ。絶対チャンスだよ。ねっ！」

美和さんはタカシ君が喜んでくれると思っていたのに、怖がってしまったのはトモキオが少し脅《おど》かしたせいだと思い、気がつかないうちに口を尖《とが》らせてトモキオを睨《にら》みつけていたのでした。

女性から睨まれて、トモキオもそれにはさすがにちょっとやりすぎたかなぁと反省した様子でした。

「では、タカシ君。初めから詳しく説明をしますよ。

フィウリー総司令官がおっしゃるには、今回の宇宙船への招待は、僕達の肉体は地球においたまま、意識体のみを宇宙船に招待してくださるというものでした。

ちょっと分かりにくいと思うけど、例えば、肉体を伴わない状態の透明人間のような感じで、宇宙旅行するということだと思うよ。分かるかなぁ？」

「あっ、はい。何となくぼんやりとなら…」

タカシ君はその説明を聞いているうちに、もしかしたら透明人間のままのほうが、かえって面白いかな～、とも思ったりしました。

その時、せい子が突然話し始めました。

実はそれまでせい子は他の三人とは違う、一人だけの夢心地の世界にいたのでした。

彼女の頭の中は宇宙旅行の空想でいっぱいでした。

「ねぇ～、美和ちゃん。私達今度はどんな星に連れていってもらえるのだと思う？」

「きっと、前よりももっと刺激的な所かなぁ。例えばスターウォーズの世界とか、魔法使いの世界とか、ワクワクするような星に行きたいなぁ～」

「私は天使たちがイッパイいる星がいいなぁ～。それに可愛い動物たちがいるオトギの国にも行ってみたいなぁ～」

とせい子がうっとりしながら言いました。美和さんとは明らかに意見が違うようでした。果たしてどちらの希望が叶うことになるのでしょうか？

「どちらにせよ、三日後の夕方六時までにこの場所に全員集合してください。では解散にしましょう」

とトモキオが号令をかけました。

そして四人はついに透明人間になる

そして、待ちに待った、その日がついにやって来た。

今回はその日まで三日間あったため、四人がそれぞれに思い思いの時を過ごし、比較的落ち着いた気持ちでその日を迎えることが出来ました。

しかし本当は、トモキオ以外の三人は余りにも宇宙旅行への期待が大きくて、自分で自分の興奮した感情を押さえるのに精一杯でした。

トモキオは…と言えば、今回の意識体のみの移動というものにたいへん興味があり、実は以前からそのことを実際に体験したいと願っていましたので、自分の希望が叶えられることへの喜びで胸がいっぱいでした。

ついにあと二、三分で六時になるため、胸の高鳴りを押さえながら、いよいよ四人はリビングのテーブルにつきながら、なぜか全員が無言でただじっとその時を待つのでした。

人生でこんなにも一秒一秒が遅く感じられたことは一度もなかったと思えるほど、本当にじれったいくらいにゆっくりと時は過ぎていきました。

息が詰まりそうになったその瞬間、今までに地球上で聞いたことのないような、爽やかな美しいメロディーがどこからともなく聞こえ始めたのでした。

うっとりと聞き入っていると、そのメロディーはキラキラと輝く光と一つとなり、私達を心から祝福してくださっているような感覚を受けるのでした。

身体《からだ》がその光に包まれ始めたと思った次の瞬間、今度は身体全体がフワ～っと宙に浮いた感覚がして、自分の体重を感じられないくらいに、身も心もその光の中に吸い込まれて一つとなるような気がしてきて、今まで想像出来なかった至福の一時を経験することになったのです。

「幸せ〜」

と四人がそれぞれに思ったとき、我に返ることが出来たのでした。

そして、自分達が家の空間にフワフワと浮かんでいるのが分かり、ふと下を見下ろすと、何とそこには椅子にしっかりと腰掛けている四人の姿が見えるではありませんか。

でもおかしなことに、その姿は人形のようにピクリともせず、何だか抜け殻のようにも見えたのです。

今となれば、もうそんなことはあんまり深く考えなくていいかなぁと思えるほど大胆な気持ちになっていることが、不思議に思えました。

そして相変わらず美しいメロディーは、私達の心をいつまでも和やかにさせてくれており、今、宙ぶらりんの状態に自分達があるのだという不安さえも無くしてくれるものでありました。


ハッと気がつくと私達のすぐそばに、フィウリー総司令官がフワフワと浮かびながら、にこやかに微笑んでいらっしゃいました。

「さぁ、まず第一段階はクリア出来ましたよ、ご気分はいかがですか。

これより皆様を宇宙船へご招待いたしましょう。今回は目を閉じなくても大丈夫ですよ。

では私の手につかまって、全員で輪を作りましょう。いいですか。次に私が『はい』と言ったら、全員で『ワン・ツー・スリー』と声を合わせて言ってみましょう」

何もかもが初めての体験で、頭では肉体がないのだから、手なんてつなげる訳ないじゃないかと思ったとしても、実際には不思議な感覚なので説明しにくいのですが、何となくフワーっとした体温の温もりさえ感じることが出来て、総司令官がおっしゃったように、全員が手をつないで、輪を作ることが出来ました。

それに加えて透明人間のはずなのに、自分達には他の三人の仲間の姿が見え、お互いが言葉を交わすことが出来ることさえ不思議と言えば、確かに不思議なことだったのかもしれません。

しかし、その時の四人にはそのことさえも気づかないほどでした。

そして次に再び総司令官が頃合を見て、全員の一人一人の顔をご覧になられながら、「はい」とおっしゃったので、四人は勇気を出して思い切って、

「ワン・ツー・スリー!」

と大きな声を出しました。

一瞬スーッと身体《からだ》ごとどこかに吸い込まれるように感じた次の瞬間、私達は何と想像を絶するような、巨大な宇宙空間にフワリフワリと漂っているではありませんか。

『私達って宇宙船の中じゃなくて、外の広〜い宇宙空間に放り出されてしまったのだろうか』と心底不安になったのはその時が最初でした。

しばらくして少し落ち着いてきたところで、四人がそれぞれによ〜く周りを見渡してみると、何だか青い空が目に入り、はるか下には美しい緑の中でたくさんの動物達や人間らしき人達が楽しそうに遊んでいる姿が見えてきました。

「さぁ〜、全員で下に降りますよ」

と総司令官が合図をされると、不思議なことに一瞬にしてスーッと着地することが出来ました。

実際に着地と言っても、体重がないので、フワッとした感覚の足下ではありましたが、地に足が着いているのは、何て安心するものなんだろうと思ったものです。

「あら、まー、何てラクチンなんでしょ。今ならもうダイエットしなくても、きっとスマートだわよ」

と美和さんがはしゃぎながら一番に言葉を出したのでした。

間もなく、肉体を伴わなくても普通に歩くことが出来るのだろうかと、全員の脳裏に素朴な疑問が浮かんできたので、トモキオが最初に試してみることにしました。

まず足踏みを五・六回してから、次に右足・左足と交互にゆっくりと一歩ずつ確かめるようにしながら歩き出しました。

それを見ていたせい子と美和さんも同じように、足踏みをしてから、恐る恐る少し歩いてみました。

タカシ君は三人が歩いている姿をただ一人ジーッと眺めながら、どうしようかと両手で顔を押さえながら、いつもの考え込む仕種を始めてしまいました。

その様子をご覧になっていらしたフィウリー総司令官は、そっとタカシ君の手を取り、優しくお声をかけられたのです。

「タカシ君、私と一緒に足踏みをしてみましょうね。はい、右・左・右・左。大丈夫ですか。では、今度は右足を少しこのように三〇センチくらい前に出してみましょうね。さぁ、ここで勇気を出して…はい。続いて左足を少し出してみましょうね…はい。ほうら、出来ましたよ。思ったよりも案外と簡単だったでしょ。あと二、三歩いてみましょうか」

タカシ君はやっとホッとしたみたいで、フーッと一息深いため息をついたあとで、ようやく安堵したのか、ニッコリしました。

その様子を見ていた美和さんは、まるで、幽霊屋敷にきもだめしに入れられた怖がりの子供が、誰かに手を取られながら、周りを上目遣いでキョロキョロさせながら、恐る恐る歩く姿にそっくりだと思い、クスッと笑ってしまいました。

するとその時突然美和さんの内から、声が聞こえてきたのです。

『自分にとっては何でもないことが、他の人にとっては、それがとんでもないくらいにたいへんなことかもしれないし、どの人にも得意な分野と苦手な分野があるように、人のことを決してバカにしたり、非難してはいけない』

素直な美和さんは、**これは自分の良心からの声だとすぐに分かりました。**

『私ってなんて浅はかなんだろう。そうだよね。私だってじっくり考えるのが苦手で、いつも早とちりばっかりして、みんなに迷惑かけることもあったもんね』

と宇宙で一番の体験が反省だったのでした。

確かにタカシ君は慎重派で、少し怖がりのところもあって、今回は初めてということもあって尻込みをしてしまったのですが、総司令官の優しい誘導で、どうにか宇宙への記念すべき第一歩を無事踏み出すことが出来ました。

ところで、その足取りの感触はと言えば、表現はなかなか難しいのですが、体重が無いせいか、幾分物足りないような感じでありながらも、自分自身ではしっかりと歩いているなぁという感覚で、音声に変換すると、「ト〜ン・ト〜ン・ト〜ン…」と言ったような、まるでバレリーナが軽やかにステップを踏みながら静かに移動する感じとでも言いましょうか。

立ち直りの早い美和さんは、ワクワク・ウキウキする気持ちをもう押さえていることが出来なくなってしまい、自分がバレリーナにでもなったような気分で、早速せい子の手を取りながら、二人で楽しそうに宇宙でのダンスを始めてしまいました。

その様子を見ていたトモキオは、『女性はどういう環境にも順応性があって頼もしいなぁ』と思ってしまいました。

ハッと気がつくと、周りから大勢の小さな動物たちが、自分達のほうに向かってくるではありませんか。

そしてついに、私達の周りを取り囲み始めたかと思うと、何と全員がクンクンと鼻をならしながら、匂いをかぎ始めたのです。

「ブビビリィーシュシュシルルマメミミ、ププクシルリィシュリダダダー……」

と訳の分からない宇宙語（？）とも取られるような言葉をお互いが言い合いながら、ついにワイワイ・ガヤガヤと小競《こぜ》り合いが始まってしまったようでした。

その姿は一見何か言い争いのようにも見えますが、実はそうではなく、ただ自分達の考えをリーダーに伝えていただけだったようです。

この広い宇宙には、意志の伝達方法についても、私達の感覚では理解出来ないものもたくさんあるのだということを、後ほど総司令官から教えていただいたのでした。

彼らは小熊のぬいぐるみのような可愛い顔立ちで、背丈も小さくて一メートルもないように見えましたが、総司令官のお話では、彼らはもう立派な大人達だ、ということでした。

突然何か変わった匂いを嗅ぎつけ、怪しい者達が侵入してきたのだと思い、みんなで捜査にやって来たのだということでした。

実は彼らが集まってきたその瞬間に、私達はスーッと身体《からだ》を三メートル上空あたりまで持ち上げられており、フワフワと空中に浮遊しながら、彼らのその様子を余裕を持ってゆっくりと見下ろしながら、そして楽しみながら観察することが出来たのです。

「これって、いいよね！　私達透明人間だから相手には見えないんだよね。でも、彼らが話している言葉が分からないとつまらな～い」

と美和さんが言ったので、

「本当よね！　私達透明人間でも何か聞き取る方法がないのかしら？」

とせい子は総司令官の顔をのぞき込みながら、催促するように続けて言ったのでした。

トモキオは『女性は本当に大胆だよなぁー』とあらためて思いました。


その時タカシ君が初めて口を開きました。

「確かマグネットピアスのような翻訳器があったんですよね～」

と詮索《せんさく》好きな彼は、以前の宇宙旅行でそういうものを着けたという話をしっかり覚えていて、自分も宇宙船に乗ったらそういう翻訳器を着けてみたいと、ずっと思い続けていたのでした。

「でも、待って！　私達透明人間で肉体がないんだから、当然耳もない訳でしょ。そしたらどこに翻訳器を着けることができるのかなぁ？？？」

と美和さんに素朴な疑問が浮かんだのでした。

「そりゃそうよね～。美和ちゃん頭いいわね～。うーん。そうするとどうすればいいのかなぁ。もー分かんないわ～」

肉体がある時には当たり前だと思っていたのに、肉体がなくなってみて、初めてその不便さを知ったのでした。

私達の気持ちを察してか、フィウリー総司令官は微笑みながらおっしゃいました。

「まぁまぁ皆様、そんなに悲観されなくても大丈夫ですよ。この広い宇宙にはそれぐらいのことを解決出来るシステムはいくらでもありますからね」

と言われると同時に、フィウリー総司令官は素早く両手を大きく広げて輪を描かれたと思ったら、次に指先を微妙に振動させ始められました。すると何と不思議なことに、キラキラした美しい光がパラパラパラッと私達の身体全体を覆いつくし始めたのでした。

見る見るうちに、私達の身体は黄金白色の無数に輝く光で包まれた天使のような姿へと変わっていったのでした。そして身も心も今までよりも尚一層軽やかな状態になれたのです。

「私達本物の天使になれたのね！　うれしい～！　総司令官どうもありがとうございました。本当にありがとうございました」

せい子は感激のあまり、何度もお礼を伝えました。彼女は今回の宇宙旅行では美しい天使達に会ってみたいと思っていたのですが、いち早く自分自身がこのような素敵な天使の姿にしてもらい、この上もなく幸せな気持ちになれたのでした。

「皆様、これより貴方がたは宇宙のどちらにいかれましても、どの方達からのお話をも理解することは出来ますし、また、時には貴方がたのお話を相手の方に伝えることなども可能となりました」

と総司令官がおっしゃってくださったので、もう全員がルンルン気分で、もう怖いものなしというくらいの最高の気分になっていく自分達の姿を観察しながら、人は時には有頂天になってしまったり、大胆な態度を取ってしまったりするときがあっても仕方ないものかもしれないと、トモキオは思いました。

だって考えてもみてください。姿は美しい天使の姿。そして他の人には見えない透明人間。自分達の行きたい所に瞬時に移動出来て、宇宙のすべての言葉が理解出来、時にはこちらからも伝えることが出来るのですから…。

これ以上のことは何も考えられないくらいのプレゼントだと思いますよね。

「じゃ早速、私、試してみてもいいですか？」

と美和さんは言いながら、大胆にも先ほどの小熊の方達の側まで降りていきました。

「ふん。ふん。ふ〜ん。分かったわ」

と独言《ひとりごと》を言いながら、素早くみんながいる空中に戻ってきました。

「あのね。彼らはこの宇宙船の中のある決められた場所を警備している方達のようでした。先ほどレーダーに一瞬混線があり、もしかしたら何か侵入してきたのではないだろうか、という疑いを持ったので確認にやって来たそうです。でも、すぐに自分達の宇宙船の操縦室と念のために母船の操縦室にも確認を取ったところ、何の心配もないということで、解決したそうですよ」

美和さんの話を聞いて、トモキオが総司令官に質問をしました。

「総司令官、もし仮に、私達のような透明人間達がほかにもいたとしたら、この宇宙船に侵入をすることが出来るのですか？　もし出来るのだとしたならば、その方達が仮に悪い考えを持った敵であったら、どういうふうにして防衛できるのですか？」

「はい、ご質問にお答えいたします。

まず、この広い宇宙には肉体を伴わない意識体だけで存在している方達も実際にたくさんいらっしゃいます。その方達は『宇宙の法則の利用法』を使えるまでのある精神的レベルにまでなられた方達です。

実はこの宇宙船の母船を含む、すべての小型宇宙船の操縦室に至るまで、すべての操縦および防衛システムは、そのような精神的レベルにまでなられたスタッフによって任されております。そして宇宙全体が調和された素晴らしい状態に存続されるために、彼らは時折、この『宇宙の法則の利用法』を用いることもございます。

そこで、ご質問のように、もし例えば、肉体を伴っている方であろうが、そうでない方であろうが、仮にどなたであろうと、宇宙船に侵入しようとか、あるいは攻撃をしようとされた場合は、防衛システムが瞬時に自動的に働くようになっています。

そしてその相手が敵か味方かの判断は、実はその操縦士たちの判断に任されています。

実はその操縦士達は、常に生命《いのち》の意志を感じ取りながら、完全なる愛と調和のエネルギーを宇宙全体に送り続けている者達なのです。

ですからもし仮に、はるか彼方《かなた》にいるどなたかが、こちらの宇宙船に侵入しようとか、あるいは攻撃しようとされたとしましても、そのように思ったと同時に一秒の差もなく、**生命《いのち》の意志の源《みなもと》**を通して、相手の心を操縦士達は知ることが出来、瞬時に防衛システムが働き始めるのです。

もちろん相手の心を知ることが出来るということは、敵か味方かも知ることが出来るということになりますね。

今回、貴方たちが意識体だけの姿でこの宇宙船に移動出来たことも、実は、今申し上げましたようなシステムの上で、可能になっているのです。

では、こちらにまいりましたときに、なぜ小熊の彼らがやって来たのかと言えば、本当は私が貴方がたに少し楽しんでもらいたいとの思いから、あえてそのようにしました。たくさんある宇宙船の中から最初にこちらを選びまして、そしてレーダーに支障のない程度に一瞬混線を与えまして、人間の姿以外の知的生命体の方達もこの宇宙にはたくさんいらっしゃいますので、その姿を実際に皆様に見せて差し上げたいと思ったのです。

特にタカシさんには初めての体験だと思いましたので、喜んでいただけたらと思ったのです」

「総司令官、よく分かりました。宇宙連合の宇宙船に乗っている間は、どなたからも守られて安心して宇宙旅行ができるということですよね」

「では、安心していただけたところで、続いてとなりの宇宙船に移動しましょう。

実はこの宇宙母船には、宇宙船があわせて三二機あるんですよ。皆様が今いらっしゃるこの宇宙船も、その三二のうちの一つになっています」

美和さんはもうこの空間にいることに飽きてしまった様子で、次はどこへ連れていってもらえるのかなぁと、内心楽しみにしていたので、そのお話を伺ってヤレヤレとほっとしたところでした。

しかし詮索《せんさく》好きのタカシ君は、せっかくこんなに面白い所にやって来たんだから、もう少し宇宙船の隅々まで調べてみたいと思いました。

何分《なにぶん》タカシ君にとっては、この宇宙旅行は初めての体験だったのですから、それも当然の思いだったと思います。でも後ろ髪を引かれる思いで総司令官のお誘いに従うことにしました。


「では再びみんなで手をつなぎましょう。そして私が『はい』と言ったら、全員で『ワン・ツー・スリー』と声を合わせてください。よろしいでしょうか」

今度は二回目なので、前よりも落ち着いて出来そうでした。五人が空中で手をつなぐ姿は、まるでスカイダイビングをしているシーンにそっくりだとせい子が思っていると、総司令官の「はい」という声がして、慌てて声を出しました。

「ワン・ツー・スリー……」

肉体を取り戻して、失った物の大切さを知る

クラッと一瞬めまいがして、次の瞬間パッと目を開けると、なんと、今度は中世の宮殿のような室内装飾が施された素敵なサロンの、ゆったりとしたソファに私達は腰掛けているではありませんか。

目の前の大きなテーブルの中央には地球上では見たことのないような不思議な形の花々が色とりどりに咲いています。よく見るとテーブルごと花壇のようになっていて、直接テーブルにお花が栽培されていることに気がつきました。

そして部屋には軽やかなワルツのような音色が静かに流れ、またお花の香りと一つとなって不思議な世界に迷い込んだような感じがしてきたのでした。

「皆様座り心地はいかがでしょうか。たとえ肉体を伴わなくても、やはり時には静かにリラックスすることも大切ですので、こちらで今しばらくおくつろぎくださいますよ

うに。私も少しの間、席を外させていただきますね」

とおっしゃりながら、総司令官は普通に部屋のドアを通ってスーッといなくなられました。


残された四人はと言えば、各自が手持ちぶたさにキョロキョロとあたりを見渡していると、サイドテーブルの上に美味しそうなワインのような飲物と美しい彫刻が施されたグラスが用意されているのが、目に入りました。

すかさず美和さんがその飲物に目が釘付けになりながら言ったのです。

「本当なら私達、あの美味しそうな飲物をいただけたかもしれないのにね。透明人間ということは、もしかして私達はこの宇宙旅行の間、何にも食べられないっていうことなの？　あ〜ん、それってどういうこと？　ずっと我慢するっていうことなの？」

美和さんは一番の楽しみがすっかり奪われてしまったことに、もう少しでパニックになって泣き出しそうになってしまったのでした。

それも仕方がないことかもしれません。なぜなから、先回の宇宙旅行ではあんなに美味しい思い出ばかりだったので、どうしても比較してしまったのでしょう。

でも、肉体がないということは本当はお腹もすかないということだと思えるでしょうが、そこが普通の人の考えと違うところで、たとえ肉体はなくても、目が欲しがるというか、人間の欲というか、どうしても捨て去ることの出来ない思いがあるのだということを、美和さんの姿を見て、トモキオは知ったのでした。

せい子も美和さんの嘆く姿を見ていて、私も何で透明人間でもいいと言ってしまったんだろうかと、今頃反省しても、もうすでに遅すぎたことに、ただがっかりせずにはいられませんでした。

思わず口をとがらせ頬づえをつきながら、不貞腐《ふてくさ》れた態度を取り始めました。

『やはり女性は食べ物のことになると反応がちがうなぁ～』とトモキオはあらためて思ったものでした。

タカシ君はといえば、そのサイドテーブルの中にある不思議な形をしたガラスびんに何が入っているのかが、とても気になっている様子でした。

お部屋の雰囲気は、何も言うことがないくらいにたいへん素晴らしかったにもかかわらず、四人全員がリラックスするどころか、かえってイライラしてくる者や、不貞腐れる者とかがいて、『これから先の宇宙旅行が思いやられるなぁ』と思い、トモキオがため息をついたその時でした。

静かにドアをノックする音がして、再び総司令官が入って来られました。

そして彼の後には男女二人のお方が続いて入って来られました。

その二人のお方の身体《からだ》全体からは、輝かんばかりのエネルギーが発せられており、地球上では決してお会いすることの出来ないほどのその美貌に、私達は息をするのさえも忘れるくらいに我を忘れて、そのお姿にただただジーッと釘付けになってしまったのでした。

『魅せられる』とはこういう方達のためにある言葉だと思えるほどでした。

私達はまるで魔法にかけられた哀れな地球人のようになってしまっていたのです。

フィウリー総司令官はパン・パン・パンと三回手を叩かれて、私達の魔法を解いてくださいました。そしてようやく私達は我に返ることが出来たのです。

「さぁ。皆さん。彼らをご紹介いたしましょう。

まず、こちらの男性はリストナーさんです。こちらの宇宙船では音楽芸術の専門家でいらっしゃいます」

「はじめまして。ようこそ、わが宇宙船へ。これより皆様の案内役をやらせていただくことになっております。どうぞ楽しい旅でありますように…」

彼はスラッとした端正な顔立ちの方でした。地球上で思い浮かぶすべてのスター達と比べてみても、一際目立っており、ただハンサムというだけではなく、内面からかもし出される品性と知性と優しさが、これほど嫌みなく、素直に表現されているお方も珍しいと思いました。

「続きまして、こちらの女性はマッキュリーさんです。こちらでは精神科のドクターでカウンセリングのお仕事をしていらっしゃるお方です」

「こんにちは。私も皆様の案内役をさせていただけることをうれしく思います。そして地球星のいろいろなお話も伺いたいと思います」

女性から見てもついうっとりしてしまうほど、とてもチャーミングな方で、ハキハキとしていて、気さくな感じで、たいへん好感の持てる方でした。

それに何といってもお声が透き通っていて、優しさにあふれており、この方は人を癒すことが出来るお方なのだと思いました。

そのお二人の服装はリストナーさんはタキシードのようなものを着ており、マッキュリーさんは白のロングドレスで、何とも映画のワンシーンのようでもありました。

その時タカシ君は疑問に思ったのでした。

『僕達には彼らが見えるのは当然として、なぜ透明人間のこちらの姿が彼らに見えるのだろうか？　なんか納得いかないなぁ』と心の中でつぶやきました。

「タカシさん。貴方の疑問にお答えいたしましょう。

実はこのお二方は、この宇宙船の操縦士たちのように、精神的レベルが高いお方達なので、本当は貴方がたのように透明人間にもなることが出来るのですが、宇宙船でのお役目のため、便宜上肉体を伴っておいでなんですよ。

ですから、本当でしたら普通の方には貴方達の姿は見えませんが、このお二人には透明人間の貴方達の姿が見えるのですよ。お分かりいただけましたでしょうか」

タカシ君は心の中で疑問に思ったことを口に出す前に、フィウリー総司令官には分かってしまったということが、またまた驚きでした。

やっぱり美和ちゃんに聞いていた通りだったと思ったのでした。

「ということは、お二方は今すぐにでも透明人間になれるということですか?」

美和さんはもしかしたら、そういうことであれば、反対に私達もちょっとだけでもここで肉体を戻してもらって、あのワインのような飲物を飲んでみたいなぁ～という、自分に都合のいい論理を展開し、彼女の頭の中で想像を巡らしたのでした。

「美和さん、貴女がそれほどまでにあの飲物を飲んでみたいという、そのお気持ちも分からないではありませんが、さぁ、どうしたものでしょうか?」

とさすがの総司令官も美和さんの無理矢理の願いに困ってしまい、リストナーさんとマッキュリーさんのお二方のお顔をチラッとご覧になられながら、頬に手を当てて、考えるポーズを取られたのでした。

本当はせい子も美和さんと同じ気持ちでいたので、そのことも総司令官は考えられて、少し悩まれたみたいでした。少しして次のようにおっしゃいました。

「では、今回だけは特別にということで、この部屋の中でだけ、皆様に肉体を伴っていただいて、今回の宇宙旅行を記念して、ご希望通りにあの飲物を召し上がっていただくことにいたしましょう」

それを聞いて、せい子と美和さんはワ〜イワ〜イと子供のように喜んでしまいました。もちろんトモキオとタカシ君も内心は嬉しく、特にタカシ君はまたまた初めての体験ということになり、もう期待で胸がはち切れそうになってしまいました。

「それでは皆様、心の準備はよろしいでしょうか」

とおっしゃられてから、右手を前に伸ばしてパチンと指をならしました。

一瞬にして私達の肉体がどこからともなく現れ、透明の意識体と一つになったのでした。

そして更に不思議なことに、なんと私達の服装は地球のあの時のものではなくて、美和さんはピンク色、せい子はパールホワイト色のお姫様のような美しいドレス姿で、タカシ君とトモキオはすっきりと凛々《りり》しいタキシード姿ではありませんか。

せい子と美和さんはいつものように、挨拶がわりにお互いの頬をつねり合い、イタイイタイと言いながら、嬉しさのあまりケラケラと笑い出してしまいました。

やっぱり肉体があるっていいよね、と二人は思いました。

大切なものを失ってみて、初めてその無くしたものの大切さに気がつくものなのかもしれないと、トモキオはしみじみと思いました。

そうすると、我々の地球も今自然破壊が進み、危ない状況にあると宇宙連合から警告されているけれども、鈍感な地球人には、それさえも失ってみないと、その無くしたものの大切さに気がつかないのかもしれないと思ったのでした。

「では、早速ですが、飲物をいただくことにしましょう。これは地球のワインと似たような色合いですが、ノンアルコールになっています」

気がつくともう既に、グラスは四人のそれぞれの前に置かれており、飲物もいつのまにか注がれているではありませんか。

「では、皆様の肉体と、これからの意識体旅行に乾杯!」

と総司令官が乾杯の音頭をとられました。

その時の体験は、何かホッとするようでいて、とても幸せだなぁと感じたのでした。

やはり肉体があるということは、こんなに美味しいものを口にすることが出来るということであり、また手足があるというのはとてもうれしいことなんだと、今まで当たり前と思っていたことに、あらためて思いを向けることが出来たのでした。

タカシ君はあまりの美味しさに思わず、

「もう一杯おかわりしてもいいですか？」

とマッキュリーさんにちゃっかりと、リクエストをしているではありませんか。

「いいですよ」

とにこやかに微笑みかけられながら、彼女の美しさにポーッとなってしまい、酔った訳でもないのに、一人、顔を赤らめてしまいました。


和やかな時が過ぎ、飲物のびんが二本空けられて、もうそろそろお開きとなりかけた頃、リストナーさんが、美しい歌声で、素晴らしい宇宙の歌を歌ってくださいました。

まるで宇宙の天使達が舞い降りてきて、私達を取り囲んでくれているような気持ちになりました。

宇宙の歌はすべて愛をテーマにしていると、宇宙の歌姫のエレシーニーさんから以前聞いことがありましたが、心に響きわたる音色とリズムは、まさしく宇宙の愛そのものだと感じるのでした。

その歌に合わせて、突然マッキュリーさんがタカシ君の手を取って、ダンスを踊り始めました。

タカシ君は絶世の美女と宇宙船でダンスできるなんて、もうこのようなチャンスは二度とないかもしれないと思うと、本当に貴重な体験をさせてもらえたことに胸がいっぱいになり、そしてそのことは実際に一生忘れることの出来ない思い出になったのでした。

肉体を持っていることの大切さと喜びを、タカシ君なりにその時感じていたのです。もし、あのまま透明人間のままだったら、決して今日のような経験は出来なかったと思うと、心から肉体の大切さを痛感せずにはいられませんでした。

もうこれで死んでもいいと思えたほどですから…。

確かに人は満足して死んでいくことが出来たらどんなにいいだろうと思っても、現実はなかなかそうもいかず、毎日仕事や家族の不平不満を口にして、ただ愚痴を言っている自分に情けなさを感じながらも、満足する一瞬でもあれば、どんなにか人の一生は救われるだろうになぁと、珍しくタカシ君はその時人生を考えてしまいました。

他の人のことを考えろと言われてもなかなか出来ませんが、案外と、人から何かを与えられ助けられた後に、初めてそのありがたさを知ることが出来たとき、もしかしたら、その時に相手のことや他の人のことを自然と考えられるのかもしれないと思ったのでした。

そういう意味でも、子供達にしっかりと愛情を注いであげることの大切さや、家庭の大切さをタカシ君なりにしみじみと感じたのです。

実は今、タカシ君が思ったことは、彼の内から良心の言葉として感じ取ることが出来たものだったのです。

このように、どの人も心素直な状態になったときには、普段考えもしないようなことさえも、良心の促しを通して、大事なことを知らされたり、考えさせてくれたりすることが出来るのだと思いました。

四人全員が気持ちを高揚させることが出来た喜びに、時が過ぎゆくことさえもしばらく忘れてしまうほどでした。

総司令官がにこやかに微笑みながら、おっしゃいました。

「皆様に楽しんでいただけたようで、私もたいへん嬉しく思います。

しかし残念ですが、間もなくこの部屋を後にして、皆様にこの宇宙船を案内させていただくことになっております。ご案内役はリストナーさんとマッキュリーさんにお願いいたします」

突然の総司令官のお言葉に、トモキオが一番に我に返ることができました。

他の三人はといえば、内心『もっとここにいた〜い』と思ってしまいましたが、もしここで駄々をこねたとしても、この広い宇宙船に取り残されてしまったのでは、宇宙をさまよう迷子のようになってしまうかもしれないと思い、総司令官のお言葉に渋々従うことにしたのでした。

私達のその思いを知ってか、リストナーさんが優しく言いました。

「これから宇宙船の中をご案内いたしますが、もしかしたら、再びこのお部屋に戻ってくることも出来るかもしれませんから、ガッカリしないでくださいね」

彼のその言葉に私達はホッとして、リストナーさんの優しい心遣いに感謝しました。

「では、まいりましょう」

というお声に従って、リストナーさんを先頭に、美和さん、せい子、続いてマッキュリーさんの後にトモキオ、タカシ君そして最後にフィウリー総司令官という順番で、その部屋を後にしました。

実は一列に並んで全員が歩きながら案内してもらえるものと思っていたのですが、気がつくと、せい子と美和さんはリストナーさんの両手にそれぞれ手をつながれながら、フワリフワリと宙に浮いているのでした。

後ろを振り向くと、トモキオとタカシ君はマッキュリーさんの両手にそれぞれ手をつながれて、同じく宙に浮いているではありませんか。

あの部屋を出た途端に、私達の肉体はどこかへ消え去り、それと同時にまたリストナーさんとマッキュリーさんの肉体も一緒にどこかへ消え去ったということなのでした。

晴れて全員が透明人間となり、スムーズな行動がとれるということになった訳なので、一瞬にして消え去ってしまった私達の肉体はどこへいったのかということは、とりあえず深く考えないことにしたのです。

でなければ、理解しがたい出来事が次から次へと続き、これからもきっと更に続くかもしれないので、いちいち深く考えていたのでは、頭の許容範囲を超えてしまい、ついていけないと思ったのでした。

今まで奇跡と思っていたことさえも、当たり前の何でもない普通のこととして考えられる、この宇宙はやっぱりスゴイと四人はあらためて実感しました。

美男美女に手を取られながら、とても気分よく空中浮遊を楽しんでいると、間もなくして球状のドーム形をした広〜いスタジアムが見えてきました。

お天気も良く青空が広がり、想像以上に広々としていて、今自分達がいる所が宇宙船の中だとは、とても思えないほどでした。

「ちょっと降りてみましょうか」

そう言われるままに、サッと急降下していくと、肉体がないのにもかかわらず、不思議と風をきるような爽やかさを感じることが出来ました。

かつて滅んだカフィリア星へ視察旅行

そのスタジアムでは、地球のサッカーに似たようなスポーツのワールドゲームが行われているようでした。

よく見ると、ボールは地球のサッカーボールの半分ぐらいの大きさで、金色にピカピカと光っています。だから遠くの観客席からもよーく見えるのです。

そしてその金色のボールをひとつのゲームに三つ使って、ゴールに入れるようです。そのゴールもネットで出来ているのではなく、1から10までの数字のパネルがあって、どの数字のパネルに当てるかによって、得点が変わってくるようでした。

もちろんゴールキーパーもいるのですが、ボールが小さい分スピードがあるので、また一度に三方向からボールが打ち込まれることもあって、ゴールキーパーも目の回るような動きで、目が離せない、とっても面白いスポーツでした。

観客席のたくさんの人達が応援に熱狂している姿は、地球と似ているなぁと思い、何だか宇宙の人達に親しみを感じてしまいました。

しばらく空中から観戦していましたが、それから間もなくして、私達は観客席の一番前のフェンスの端に腰掛けることにしました。

マッキュリーさんが、そのゲームの解説をしてくださいました。

「このスポーツはこちらでは『ピュッケル』と呼ばれています。

ご覧のように、三つの金色のボールを使ってゴールに入れるのですが、そのゴールの1から10の数字のパネルに当たらなくては、得点になりませんので、出来るだけ数字の大きなパネルを狙うのですが、それがなかなか難しいようですよ。

また一ゲーム三セットになっていますが、そのセットごとにパネルの位置が変えられることになっていて、選手は数字の大きいパネルがどこに来るのかが、いつも気になっているのです。

それとよーく見ないと分かりにくいかもしれませんが、三つのボールそれぞれに赤・青・黄の目印があって、その色の順に三倍・二培・一倍と得点の掛率が違ってきます。

ですから得点についても結構複雑になっているので、なかなか目が離せなくなるんですね。

そして各チームは二五名ずつの選手でゲームをします。

今回はグリーンのユニホームは耳長チームで、ピンクのユニホームは胴長チームです。

ついに決勝戦まで勝ち進んできたのですから、どちらも強豪チームということですね。

耳長チームの得意技《わざ》は、何と言っても腰まであるあの長～い耳が武器なのね。

足で間に合わないときは、あの長～い耳を使えるから有利だと思うわ。でも、胴長チームのほうも、胴が長い分だけ身長が高いでしょ。それに跳躍力が並外れているからジャンプするときなんて、高い位置からキックできるからスピードが出て力を発揮出来るみたいですよ。

今日は決勝戦の日ということで、この宇宙船の人達は全員が特別休日になったんですよ。だから多分ほぼ全員に近い人達がこのスタジアムにやって来ていると思うわね。もちろん入場料はいっさいかからないのよ」

「特別休日ですか。それに入場料がタダなんてうらやましいなぁ」

と美和さんは思わずつぶやきました。

いろいろとお話をしてもらってから、スタジアムをぐるーっと見渡してみると、観客席には二万人以上の方達がいるように見えました。

一人一人が思い思いの服装で、カジュアルウェアーからパーティードレスのような豪華な服装の方までいらして、まるで仮想パーティーのようにも思えるほどでした。

そしてよーく観察して見ると、一見地球人達のようにも見えますが、鼻が魔法使いのように大きい鷲鼻の人がいたり、目が耳まで伸びていて視界の広がっている方とか、後ろの人と話すときに、首をくるりと一八〇度回しておしゃべりしている人がいたりして、ゲームを見るのも楽しいけれど、観客の一人一人を観察していた方が、かえって面白いと思えるほどでした。


「インスタント・カメラを持ってくればよかった」

とタカシ君は悔やみました。

美和さんもそこまでは考えられなかったようで、

「そりゃそうだわよ。地球に帰ったときに、お友達に自慢できるし、一生の思い出にもなったのになぁ」

とがっかりしてしまったのです。

その時、トモキオが言いました。

「みんな、あんまり欲張らない方がいいよ。こんな楽しい経験をさせてもらえただけでも、ありがたいと思わなくちゃ。それでなくても、なかなか宇宙船に乗せてもらえる機会さえないんだからね」

トモキオの言葉に美和さんは下を向いてシュンとして見せ、反省したような素振りをしました。タカシ君は「どうも済みませ～ん」と頭をかきながら、いつものように意味のない口癖を言って見せるのでした。

その時突然スタジアム全体にゴォーという耳鳴りのような歓声がこだまし、観客全員が総立ちになっているではありませんか。

四人は思わずゲームに目をやると、最高得点の30点がこのゲーム中に二回も出たようでした。

現在の総得点は、グリーンのユニホームの耳長チームは268点、ピンクのユニホームの胴長チームは240点となかなかの接戦のようです。

さすがに決勝戦となると、両チームとも思うようには得点出来ないようです。

立ち直りの早い美和さんは、それからマッキュリーさんに試合のルールをより細かく教えてもらい、自分で試合の残り時間まで計算出来るようになっていました。

「一ゲーム三セットで、その一セットは三〇分で、休憩一〇分を間にいれて、三セット続けるということでしょ。そうすると、スコアーボードの時計はちょうど一〇七分を指しているから、やだぁ、あと残り時間三分ということになるのよね。

キャー、どっちが勝つのかしら？　私ピンクちゃんに絶対がんばってもらいたいわ！」

美和さんは、何となく胴長のスタイルに親しみを感じたのか、それとも、単にピンクの色が好きなだけだったのかもしれませんが、

「ピンクちゃん！　ピンクちゃん！」

とさながら、にわかサポーター気分ではしゃいでいました。

タカシ君は本当は耳長チームを応援したいと思っていたのに、美和さんのパワーに圧倒されて、とても声に出しては言えずじまいでした。

そしてスコアーボードに目をやると、総得点は耳長チーム２９７点、胴長チーム２９2点になっているではありませんか。

「キャー！　あと一〇秒よ！　ピンクちゃんあと5点よ！」と叫んだとき、
胴長チームのゴールが決まり一気に8点も入り、その瞬間逆転勝利となったのです。
「きゃー！　やったー！　最高！」と喜びのあまり大声で叫んだために、美和さんはフェンスからズルッと滑り落ちてしまったのです。でも、肉体がなかったので、ケガをすることもなく、バツの悪そうな顔をしてみんなを見上げるのでした。

その姿を見て全員がクスッと噴き出してしまいました。

どこの世界に透明人間がたとえ興奮していたとはいえ、腰掛けていたフェンスから滑り落ちてしまう人がいるでしょうか。

しかし本当に美和さんは憎めない性格で、ちょっとおっちょこちょいのところがあっていつも失敗してしまうけれど、そこにとても愛嬌があって、とても貴重な存在となっているのです。そうこうしているうちに、二万人の観客が総立ちとなり、全員が歌を歌い始めました。

私達はその歌がテーマソングなのかなぁと思ったのでした。

それともその堂々とした誇りさえ感じさせるような歌い方を見ると、この宇宙船かあるいは国（？）の国歌かもしれないとも思ったのでした。

「実はこの歌はですね、我が祖国カフィリア星の国歌なんですよ。いつも祖国のことを忘れないように、大切なときにはこのようにして全員が合唱するようにしているのです。

そして私達の心の支えになっているのです」

リストナーさんはすぐに歌の説明をしてくださいました。

「そうなんだ。国歌が心の支えになっているんだ」

タカシ君は自分達はどうなんだろうかと疑問に思ったのでした。

「リストナーさん。一つお伺いしたいんですが、この宇宙船にいらっしゃる方々はもともとカフィリア星の方達なんですか?」

とトモキオはすかさず尋ねたのです。

「はい、そうです。私達はおよそ一二〇年前からこの宇宙船で暮らしています。

私達のカフィリア星はとてもすばらしい星だったのですが、今から一五〇年前あたりから**徐々に自然環境が乱れてきて、さまざまな異常気象やそれに伴う天災人災が引き続き起こり、ついには星自体が存続することが難しいことになってしまったのです。**

もちろんそれまでには、『宇宙連合からのメッセージ』を何度となく伝えられていましたが、各国のリーダー達には無視され続けましたので、結局は一人一人心有る者達が、その自然破壊をくい止めるために、自分達の出来ることをやっていったのです。

しかし残念ながら力及ばず、私達のカフィリア星は最終的には地軸の変化によって、人類は生存することが出来なくなってしまったのです。

この宇宙船にいる約二万人の方達は、カフィリア星を救うために、最後まで自分達の出来ることをやり続けた、心素直な誇り高き方達なのです。

そして星が滅ぶその時に、この宇宙連合の宇宙船に引き上げられたのです。あれから一二〇年がたちましたが、カフィリア星のことを一日も忘れたことはありません。実はとても嬉しいニュースなんですが、私共で明日極秘に、その後の星の様子を知るための視察旅行が予定されているのです」

リストナーさんはニッコリ微笑みながら、なぜか極秘情報を私達に教えてくださったのでした。

その時、詮索《せんさく》好きなタカシ君はすかさず質問を続けました。

「あの〜。その視察旅行は何人が行かれるのですか？

もし出来れば、せっかくのチャンスなので、地球人の参考にもなると思いますので、ぜひ僕達をその視察旅行に連れていってもらえないでしょうか？

それに僕達透明人間なので軽いですから、もし定員ぎりぎりでもご迷惑をかけないと思うのですが。ダメでしょうか？」

タカシ君にしては今までになく説得力のある言葉を伝えることが出来て、自分の言葉に我ながら感心してしまったようでした。

「そうですね。貴方のおっしゃるように、皆様は透明人間のようなものですから、他の方達には姿は見えませんし、何の支障もないようにも思いますので、ある方に一応相談いたしまして、ご返事をいたしましょう。少々お待ちください」

リストナーさんはそう言われると、その席からスーッと姿を消されたのでした。

なんて行動力のある方だろうと思っていると、一分もしない内に、再びどこからともなくサッと私達の目の前に現れたのです。

「ある方に相談しましたら、『よろしいですよ』と言われましたので、では皆様とご一緒に明日は出かけることにいたしましょう。

ただ明日は、私は肉体を伴った上での役割がありますので、透明人間の皆様のご案内は、マッキュリーさんにお願いすることになります」

「はい。おまかせください。では皆様、これより宇宙船の別の場所に移動をされまして、明日までゆっくりお休みいただきたいと思います」

マッキュリーさんは、そのように言われました。

そこで私達はスタジアムの方をのんびりと眺めると、もうすでに観衆も徐々に帰り支度を始めていました。ところが、その景色が目に入ったと思った途端、もう次の瞬間には、私達は別の所に瞬間移動していたのです。

そこは最初のあの部屋の隣りの部屋かしらと思えるほどの優雅な雰囲気の広〜いお部屋でした。繊細な刺繍《ししゅう》が施されたシルクのベールで覆われた豪華なベッドが四つ並べられており、せい子と美和さんはまるで高貴なお姫様にでもなったような気分でした。

「わたしはこのピンクのベッドがいいわ」

と相変わらず美和さんは一番に自分のお気に入りのベッドにサッと滑り降りました。続いてせい子もその隣りのパールホワイトのベッドに滑り降りました。

タカシ君とトモキオは残りのクリーム色とアイボリー色のベッドにそれぞれが休むことにしたのです。

たとえ肉体はなくても、やはり休むときは身体を横にして蒲団の上で眠るのが一番落ち着くなぁと思いました。本当は肉体がないのですから、壁にへばりついて立ったまま休んでも何ら支障はないのでしょうが、長年の習慣というものは恐ろしいもので、透明人間として宇宙に来ても尚、その思いを持ち続けることに、トモキオは我ながら驚いてしまいました。他の三人は無頓着に、まるで自分達がいかにも普通の肉体を伴った人間であるかのように、何の疑いもなくベッドでスヤスヤと眠ってしまったのでした。その姿を見てトモキオは、それくらいに伸び伸びとおおらかであったほうが、この宇宙には適応できるのだろうと思いました。

晴れて翌日となり、全員が同時にスッキリと目覚めることが出来ました。

「さぁ、今日こそ、いよいよ宇宙船でこの広い宇宙に飛び出せるんだ」

と期待に胸を膨らませていると、突然、私達の目の前にマッキュリーさんが現れました。

「皆様、昨日《きのう》はよくお休みになれましたか。今日はお約束通り、私達のカフィリア星にまいりましょう。実は一二〇年前のあの時以来、どなたもまだその姿を見に行ってはいないのです。本当は私も皆様と同じように、期待と不安でいっぱいなんですよ」

これほどまでになられたお方でも、かつて滅んでしまった自分達の星に対する思いは特別なんだなぁと思いました。

そして今回はその出発の時刻まで少し時間があったのか、その視察旅行用の宇宙船の所まで、今までのように瞬間移動ではなくて、いろいろな場所を上空から眺めながら移動をすることになりました。

初めて見る宇宙船の中は、さすがに二万人の方達が暮らすだけのことはあって、広〜い公園や数々の大きなホール、緑の山々に流れる谷川や美しい湖、たくさんのフルーツが実った果樹園や植物園、また見たことのないような動物達がたくさんいる動物園など、とても宇宙船の中とは思えない景色にただただ驚くばかりでした。

かなりのスピードで進んでも、延々とどこまでも広がる景色に、もしかしたら宇宙船の所まで到達するには一日かかってしまうのではないかと思えるほどでした。

「ご心配いりませんよ。もう間もなくですから」

そのマッキュリーさんの一言に全員ホッとしました。

やがてはるか前方のだだっ広《ぴろ》い緑の丘の上に、かすかに宇宙船らしきものが見え始めました。それは、まるで帽子のような形の宇宙船で、遠目には案外と小さいなぁと思えたのに、実際に目の前まで来ると、かなりの迫力に圧倒されそうになりました。

「この宇宙船は三〇人乗りの超小型船でして、直径が約一〇〇メートルくらいです。普段は近所の星々まででしたらよく利用していますし、いくら小さくても完璧なシステムがセットされていますので、どうぞ皆様ご安心くださいますように。また操縦士達は通常よりも二名多く合計五名が搭乗しますので、宇宙のどちらに行かれましても、大丈夫です。

それでは、皆様これより宇宙船に搭乗いたしましょう」

と言われますと、その言葉を合図にでもしたかのように、私達はスーッと宇宙船の外側をゆっくりと通り抜けて、宇宙船の内側へと入っていきました。

たとえ肉体はなくても、何となく狭い空間を通り抜けるときのような感触があり、『こういう経験はなかなか出来るものではないな』と思ったのでした。

その宇宙船の中には、もうすでにフィウリー総司令官とリストナーさんがお出ででした。そして操縦士の方五名とそれ以外に八名の科学者らしき方達の合計一五名プラス透明人間五名ということになったのでした。

私達透明人間五名は三〇畳ぐらいの広さの操縦室兼ミーティングルームの中央にある大きな丸い二つのテーブルのうちの手前の方の一つに席が用意され、そこにゆったりと腰を掛けながら、これからの宇宙旅行を楽しませていただくことになりました。

正面の画面には実際のリアルな宇宙空間が映し出されていて、もうすでに宇宙船は離陸していたことに気づかされたのでした。微妙な揺れもなく瞬時に離陸したことに、さすがだなぁとあらためて思いました。

地球から宇宙を見上げると、ただ遠くに光り輝くたくさんの星々しか、私達の目には確認できませんが、このように実際の宇宙空間へ飛び出してみると、またその感覚は想像を絶しており、子供のときから夢にまで見てきたあの星々の一つ一つが自分達の手に届く距離にあるのだと思うと、思わずその一つ一つの星々を抱きしめたくなるほどにいとおしく、そして『自分達は今まさに、この瞬間に間違いなく宇宙にいるのだ』という実感をひしひしと感じるのでした。

特にタカシ君は初めての体験ということで、何もかもが驚きの連続で、正面の画面を見ながら身体を震わせ、心臓がドキドキしてきて今にも爆発しそうなのをやっとこらえているような状態でした。

「タカシ君、大丈夫ですか」

と隣りにいたマッキュリーさんは優しくタカシ君の手に触れながら、お声をかけられました。

「あっ、はい。何とか大丈夫です。ご心配おかけします」

と妙にかしこまりながら、それでもやっと幾分か震えも納まりかけてきたその時でした。

「あっ！」

と全員が息を呑むほどの巨大な星の塊が、今にもこちらの宇宙船にぶつかりそうになり、ぎりぎり目の前の所で静止しました。

その姿はあまりにもゴツゴツした感じで、とても生命体がいるとは思えないほどの息苦しいような、殺伐とした荒々しさを感じるのでした。
「まさか、この星の塊があのカフィリア星ということなの?」
と透明人間の私達全員が思ったとき、再びマッキュリーさんがお話になりました。
「皆さん、この星の塊は、実は私達のカフィリア星の地軸が傾いたときの影響で、星の一部が宇宙空間に放り出されてしまったもののようです。そして現在は、まだこのような状態で存在しているのです」

気がつくと八名の科学者らしき人達が操縦席の隣りにある数台の機器に向かい、目にも留まらぬほどの軽やかな指さばきでデータをスピーディーに入力しながら、さまざまなことを観測している様子に、いかにもインテリジェンスを感じてしまい、レベルの違いにさすがだなぁと思いました。

「宇宙の科学者は、有能なピアニストのような器用さも必要なんだ。お勉強以外のところでも、きっと苦労も多いんだろうなぁ」

と美和さんは彼らの姿を見て、素直に思ってしまったのでした。

「どの方も生まれさせられた以上役割がありますが、彼らもその役割を小さい時から自分の内にある良心の促しを通して知ることが出来ていますので、迷うことなく、素直に科学者の道を歩むことが出来たのだと思います。

地球の皆様も同様に、個人個人の役割がそれぞれに与えられています。もちろんその方が転生の過程で、どのような経験を積み重ねてこられたのかということによっても、その役割は違ってくるとは思いますが、自分の役割を知ることが、その人の能力を最大限に発揮出来て、またそれが自分自身の喜びであり、生き甲斐でもあると思います」

マッキュリーさんの言葉に、『私達は自分の役割に気がついているだろうか？　もし知っていたとしても、果たしてその役割に正直だろうか？』とあらたな疑問がそれぞれの内に湧き上がったのでした。

あの日以来ただただ宇宙旅行に行きたいと、そのことだけを単純に願っていた自分たちの浅はかさに再び気づかされるのでした。

フィウリー総司令官が私達に貴重な体験をさせてくださったのは、この体験を通して一人でも多くの地球人達に、地球の本当の姿を伝え、そして自然破壊が進むこの地球を何としてでも救いたいと思っていただくための宇宙体験だったのだということを忘れかけていた自分達に、恥ずかしささえ感じたのでした。

間もなくして、目の前の星の塊の観測を一応終えられたようで、いよいよあのカフィリア星に向かうことになったようです。

私達もたとえ肉体は伴わなくても、今は一人の透明人間として、自分達に何が出来るのだろうかと、今までの浮かれていた分を穴埋めするかのように、先ほど反省した分だけ真剣に思ったのでした。

そうすると、次のような言葉が四人の心の内から一斉に聞こえたのでした。

『そのカフィリア星の姿をしっかりと目に焼き付けること。**その姿が地球の将来の姿にならないようにするにはどうしたらいいかを考えること**』

「そうか。そのために私達はこの宇宙船に乗せてもらったんだ」

昨日リストナーさんが極秘の視察旅行であるにもかかわらず、私達にお話されたその理由がやっと分かったのでした。

『宇宙の配慮はやっぱり深いわね〜』と美和さんは思いました。

カフィリア星復興で果たした宇宙科学技術

そうこうしているうちに、宇宙船は前方に見える星と向かい合うぐらいの所まで来て止まりました。どうも、その星がカフィリア星のようです。

その星は一瞬真っ青なスターサファイアが輝いているようにも見えたのですが、喜んだのも束の間、その輝いているのはほんの一部分であって、目を凝らしてよく見ると、残りの大部分が真っ黒に黒ずんでいて、岩肌がゴロゴロと突き出しているようなふうにも見え、何だか無気味な感覚を受けるのでした。

科学者達はそれぞれが数台の機器の前で、再び目にも留まらぬほどの指さばきでデータ入力に余念がありません。高度な宇宙の科学技術を用いれば、直接星に降り立って危険を冒す心配もなく、難なく観測できてしまうことの素晴らしさを目の当りにして、『やっぱりすごいなぁ』と惚れ惚れとしてしまったのでした。

「地球人もここまで進化するにはどれくらいの年月がかかるのかなぁ」

とタカシ君がボンヤリとつぶやいたのです。

「もういつだって可能ですよ。ただ、今の地球人の方達の意識の状態ですと、その高度な宇宙の科学技術を、本来の方向とは違う戦いの武器として、使用される危険性が十分考えられますので、今はその時期ではないとのことのようですね」

マッキュリーさんの説明に四人全員が『なるほど』と大きくうなずいてしまいました。今でさえ地球上の至る所で戦争が絶え間なく続けられている現状を考えれば、それは誰が聞いてもよく理解できる説得力のある言葉でした。

「でも、この科学者達の姿を地球の専門家やリーダー達が見たら、彼らを誘拐してでも地球に連れて帰りたいと思ってしまうだろうなぁ」

とさすがのトモキオも思ったのでした。

「私達、普通の人でよかった。だって頭がよかったらたいへんでしょ。もしこの宇宙の科学技術を理解出来たら、私達誘拐されてしまうかもよ？」

と美和さんが真剣に言ったのでした。

「僕はそれだけ頭がよかったら、もう地球には帰らずに、このまま宇宙船の中で暮らしてもいいかなぁって思ったけど」

とタカシ君も答えました。

「私は宇宙船の中だけじゃイヤよ。自分専用の小型宇宙船をもらって、宇宙のたくさんの星々を楽しく旅行して回りたいと思うし、最後は天使達が暮らす星で一生を幸せに過ごしたいと思っているのよね～」

とせい子は大胆にもそのようなことを言いました。

「せい子ちゃん、その時は私のこともお忘れなくね。どこへも一緒だって言ったでしょ！」

と美和さんは自分がおいてきぼりにされそうで、慌てたようです。

「まぁ、まぁ。みんな空想の世界はここまでにして、現実に戻ろうよ」

とトモキオは三人に対してカツを入れました。

リストナーさんは今回の視察の責任者として任の重い役割のようで、仕事は芸術が専門だと最初伺っていたはずなのに、どうも今回のその様子からして、本当はオールマイティの更に意識の高いお方かもしれないと思ったのでした。

それにしても今更ながらのように、科学者達と一緒に真剣にデータをのぞき込みながら検討している彼の姿は、本当に凛々しくてただただウットリしてしまうばかりで、『カッコイイ!』の一言に尽きると思いました。

その思いが伝わったのか、リストナーさんがチラッとこちらを向いて、爽やかに微笑みました。無言でも笑顔がこれだけ人の心を癒《いや》すことが出来ることに、あらためて驚いたのです。

私達ももっと普段意識して自分の笑顔を鏡でチェックする必要があると思いました。反対に普段の不貞腐《ふてくさ》れた顔が、どれだけ相手に不愉快な思いを与えていたのかも、あらためて知らなくてはいけないと思いました。

その時、突然詮索《せんさく》好きなタカシ君が科学者達の話に、地獄耳の特技を生かして聞き耳を立て始めました。しばらくして、

「ふんふん。ふ～ん。なるほど」

と独り言を言ったかと思うと、私達に通訳し始めました。

「もともと公転軌道面に対して地軸が一五度傾斜していたカフィリア星は、一一〇年前のあの時に、何らかの衝撃により最終的に地軸が八・五度程度更に傾斜したようです。

そしてその時、地殻のマグマが噴き出し、地表面を覆ったようです。

また海底が隆起し、反対に山が沈み、元の地形はすっかり様変わりしたようです。

当然のことながら、動植物のすべてが一瞬にして生存出来ない状態であったようです。

それでも何とか星自体の消滅を防げたのは奇跡であり、生命《いのち》の意志によるものだと、言っています。

現時点で地軸の傾斜が二度程度回復しているようですが、一一〇年でここまで回復出来たことは、予想以上であったと言っています。やはりこれからも宇宙技術を駆使して遠隔操作を続けることにしようと言っています。

宇宙船のカフィリア星人達が再び祖国に戻れるまでには、これからまだ五〇〇年以上はかかるだろうと言っています。

それでも奇跡的回復速度だとも言っています。

いずれにしても、今回の視察調査は有意義であったし、細かいデータは宇宙船に帰ってから再度分析することとして、これからもますます自分達の役割を通して、一日も早くカフィリア星が元の姿に戻れるように、科学者として日々努力して行きましょうと言っています。はい。彼らの話は以上のようでした」

タカシ君は通訳をしながら、自分がまるでその科学者にでもなったかのような気分で、「ふふふ〜ん」と鼻高々に私達の顔を見ました。その姿がたとえ透明人間であっても、とっても滑稽《こっけい》で、私達三人は噴き出してしまいました。

それにしても、このカフィリア星の姿は無惨であり、この宇宙の科学技術がなかったら、今頃はまだ見るに耐えられないくらいの悲惨さであったのかと思うと、こういう時こそ、この宇宙の科学技術が駆使されて本当によかったと、私達は自分達のことのように、心から喜びました。

ほどなくして、宇宙船は方向転換して元の母船まで戻ることになりました。

正面の画面一面には、宇宙のたくさんの星々がまるで七色に輝く宝石のようにキラキラと光り輝き、その美しさに私達の心は魅了されてしまいました。

これこそ宇宙旅行冥利《みょうり》につきると、四人の全員一致の思いでした。

しかしどこまで続くか分からないくらいのこの広〜い宇宙には、地球人達のように、自分達の勝手で、大切な自分達の星を自らが破滅に向かわせているような、悲しい星もあるのかなぁと思いました。

出来ることならば、**自分達が生きるためには、この地球が必要で、自然界が必要なんだ**というごく当たり前のことに、地球人の全員が気づいてもらいたいと、強く強く思いました。

自分達の国の目先の利益のことだけに囚われているリーダー達に、一日も早く目覚めてほしいと、こんなに強く願ったことはありませんでした。

普通は地球上の自分達の立っている場所から、地球に向けての見方しか出来ませんので、非常にその視野が限られていると思います。それも仕方がないことかもしれません。

こうなったら、地球上の全員が宇宙船に乗せてもらって、実際に宇宙から地球という星を客観的に眺めてもらえるようにして欲しいと思ったのでした。

そうすれば、地球人にとって一番大切なのは、地球であり、自然界であるのだということに、いやでも気がつくだろうと、真剣に思ったのです。

自分達がここまで、そのように地球の危機を身近に感じることが出来たのも、このように宇宙船に乗って、実際に地球に似た星々の姿を目の当たりに出来たお陰だと思いました。

その時、リストナーさんが微笑みながら私達の所へ近づいて来られました。

「視察旅行はどうでしたか。カフィリア星の姿を地球に戻られてからも、決して忘れないでください。どんなに素晴らしい星も一瞬にして、あのような姿になってしまうのです。とても悲しいことですが、それが事実です。

皆様の星・地球がカフィリア星のようには決してなっていただきたくないですし、そのためにも、貴方がたの宇宙連合のお役目はたいへん重要であります。

実は私もかつてカフィリア星が滅ぶ以前から、貴方達のように、宇宙連合のお役目が与えられており、一生懸命やらせていただきました。しかし結局は、たった二万人の方達しかお救いすることが出来ずに、本当に悲しい思いをしております。

どうぞ、これからも私達に出来ることがございましたら、何なりと遠慮せずにお申しつけくださいますように」

リストナーさんの心優しい励ましの言葉に涙がこぼれてしまいました。

ところが、せっかくみんながしんみりとしていたところへ、美和さんが電光石火のごとく、次のようにあっけらかんと言い放ちました。

「あのぅ、早速なんですが、よろしいでしょうか。せっかく宇宙旅行しているんですから、帰りに他の星に寄り道してもらえませんか。出来ればスリリングな星が私の希望です。お願いしま〜す」

肉体がないのに美和さんは、両手を合わせてお願いのポーズをとるのでした。

これにはさすがのリストナーさんとマッキュリーさんも思わず苦笑されました。

「ええ、よろしいですよ。では、美和さんの希望通りになるよう、早速手配をいたしましょう」

とおっしゃって、すぐさま操縦席まで行かれて、何か指示をなさったようでした。

フィウリー総司令官もこの宇宙船の責任者であるリストナーさんの判断にお任せになられたようで、私達の方をご覧になりながら、ニッコリされて、次にいつものように左手を前に伸ばされて、パチンと指をならしました。

そうすると、今までの私達のキラキラ輝く天使のような姿が、一瞬にして魔法使いのような姿に変わってしまったのです。もちろん相変わらず透明人間のままなのですが、それには美和さんも驚いてしまい、キョトンとしてしまいました。そして気がつけば、四人がそれぞれに杖らしきものを手にしていたのでした。

隣りでマッキュリーさんの喜んでいる姿がありました。

「もしかしたら、これからその服装がぴったりの場所へ行くのかもしれないわね」

と、なにやら意味有りげなことを言われました。

そしてそれから三分も経たないうちに、そのマッキュリーさんの言葉が現実のものとなったのでした。


「さぁ、到着しましたよ。皆さん宇宙船から降りてみましょう」

とリストナーさんが言われたので、どこが出口だろうと目で探していると、どうもここには出口らしきものはなく、あれっと不思議に思っていると、

「宇宙船に最初に入ってきたように、今度は反対に直接外に出ましょうか」

とマッキュリーさんがおっしゃって、スッと先に外に通り抜けていきました。

四人も彼女の後に続いて、同じようにやってみることにしました。

ところが、最初入ることが出来たのにもかかわらず、自分達が透明人間だということを頭では分かっていても、何だか先入観が邪魔をして、一瞬壁面のところで足踏みをしてしまいました。

きっと子供だったら、何の先入観もなく、難なく通り抜けることが出来るのだろうに

なぁ。人が持ってしまった先入観を取り除くのはたいへんなことだなぁとつくづく思ってしまいました。

見るに見かねたリストナーさんが声をかけてくださいました。

「さあ、みなさん。目を閉じて腕を前に出してください。そのまま前に一歩、二歩と足を踏み出してみましょう」

四人は言われるままに、そのように目を閉じて見ると、今度は目の前の壁面さえも難なく通り抜けることが出来ました。

「やれやれ」と思っていると、マッキュリーさんがすぐに号令をかけられました。

「さあ〜、手に持っている杖にまたがってみましょう」

「あらっ、ほうきじゃないのね」

と立ち直りの早い美和さんは言いました。

そして四人が言われるままに杖にまたがると、なんと不思議な感覚です。

それはその杖がまるで自分の身体の一部のようで、違和感を感じないのです。

「これからこの杖にまたがっている間は、貴方がたの心に思った通りにその杖は動きます。ですから、いちいち声に出して方向指示を伝えなくても大丈夫ですからね。

ではこれより特に美和さんの希望に叶うようにと、リストナーさんが選んでくださったこの星を旅行してみましょう。皆様とご一緒するのは私一人ですので、くれぐれも見失わないように、しっかりと後について来てくださいね。万が一、迷子になってこの星に取り残されることのないようにお願いしますね。では、早速まいりましょう」

四人はマッキュリーさんの言葉通り、この星に一人取り残されてはたいへんと、必死に彼女の後をついて行くことにしました。

宇宙のスリリングな星とは、地獄の世界？

宇宙船が到着した場所は森の中の一部平らになったところのようでした。

私達は徐々に緑の深い谷間へとどんどん進んでいきました。クリスマスツリーにしたらさぞかし立派なツリーが出来そうな木々がたくさん生い茂っていて、いかにもこれから何かが起こりそうな嫌～な気配が感じられるのでした。

今回スリリングな星の旅行を言い出した張本人の美和さんは、

「ヤッホー！　ヤッホー！」

と一人上機嫌にはしゃいでいるのですが、怖がりのせい子とタカシ君は半分『もう帰りたい』と思ってしまいました。

しかしそうは言っても、途中でやめる訳にもいかず、内心ブーブー言いながら、仕方なしに渋々ついて行くしかありませんでした。


それにしてもこの杖の乗り心地は最高で、本当にこの杖が自分の思った通りに動くのがよく分かりました。つい先ほども急に目の前に高い木が迫ってきたので、『危ない！よけなきゃ！』と思った途端、パッと身体を九〇度回転させ、一瞬にしてかわすことが出来たのでした。

段々と乗りこなしてくると、コツが掴《つか》めてきて、逆さになりながら飛行したり、一回転させながら飛行させたりと、いろいろと楽しんでいるうちに、大胆にも、今だったらあのブルーインパルスと競ってもいいかなぁとも思えるくらいでした。でもよく考えたら鳥達はいつもこんなふうに難なく飛んでいるのかなぁと、親しみさえ感じながらも、ちょっとうらやましいような気もしたのでした。

ウルトラC級の飛行を続けているうちに、やがて一番深～い谷間のあたりに、大きくて見るからに古めかしい立派なお屋敷がぼんやりと見えてきました。

マッキュリーさんが、

「ここに降りますよ」

と片手で合図をされたのでした。せい子とタカシ君はそのお屋敷の姿を一瞬見るなり、心臓の鼓動がバクバクと聞こえるくらいに、緊張してしまいました。

本当に何かがもうすぐ始まるんだという緊迫感と嫌悪感が入り乱れるような思いでいっぱいになってしまったのでした。

まずは取りあえず全員が無事にお屋敷の前に着地をすることが出来ました。

せい子とタカシ君は出来ることならば、今すぐにでもここでリストナーさんに「迎えに来てほしい！」と叫びたい気持ちでしたが、二人のそんな気持ちにはお構いなしで、美和さんは相変わらずルンルン気分のようでした。

トモキオはこれからどうなることやらと先が思いやられましたが、取りあえず何があってもいいようにと、みんなの最後について行くことにしたのです。

入り口のドアは、開けるといかにもギィィーという気味の悪～い音がしそうな、錆び付いたものでした。しかし、実際は私達はドアを開けることなく、中に入ることが出来ました。せい子とタカシ君はこういう時こそ、透明人間でよかったと心底思いました。

気がつくとせい子とタカシ君は手をしっかり握り締めながら、恐る恐る、でも前の二人を絶対見失わないように細心の注意を払いながら、ドキドキしながら歩くのでした。その姿は、さながらきもだめしに放り出された小心者の二人といった感じでした。

広～いロビーには明かりはなく、ステンドグラスを通してうっすらとわずかな光が差し込んでいるだけで、何となくジメジメした感じがしました。

足下は暗くておぼつかなく『どうぞ何事も起こらないように』と小心者の二人は必死に願いながら、更に次の部屋へと進んでいきかけた、その時、

「だ～れ～だ。誰かいるのか～」

と低～く気味の悪いガマガエルのような声が響いたのでした。

「ギャーーー！」

と叫びたいところをせい子とタカシ君は必死にこらえながら、口に当てた手を噛んでしまいそうになりました。

もちろん私達は透明人間なので相手には姿は見えませんし、本来は声も聞こえないはずなのですが、そこがまだよ～く飲み込めていないところで、今までの習慣からどうしても肉体を伴ったときのような行動を取ってしまう訳です。

恐る恐るカーテンの陰からのぞくと、声だけではなくて、顔から姿形までガマガエル

そっくりの太った皺《しわ》だらけの老婆がこちらに向けてローソクの火をかざしながら、ゾッとする目つきで睨《にら》みつけているではありませんか。そのあまりの形相《ぎょうそう》にさすがの美和さんも唾《つば》をゴックンと飲み込むなり、足がすくんでしまいました。

その時マッキュリーさんが、「行くわよ」という合図をしながら、私達の手を引っ張ってくださったのでした。せい子とタカシ君は腰が抜けるくらいに怖くてもう一歩も足が出ないほどだったので、その時ばかりは彼女が本当の女神《めがみ》様のように光り輝いて見えました。そしてその手に引かれながら、絶対に振り向かないようにしてソーッと壁づたいにそろりそろりと進んだのでした。

やっと次の部屋に着き、ホッと胸をなで下ろすことが出来ました。

その部屋の中央には一〇メートルぐらいの池があり、ボコボコ、ボコボコと大小の泡が吹き出ています。何か嫌～な予感がして、サッと額に冷や汗が流れたその瞬間、予想は的中してしまいました。

「**ざっぶーん**」

という水を切る音がしたと思ったら、その池の中から何と世にも恐ろしい姿の魔法使いのおばあさんがザン切り頭をぬらしながら、突然私達の目の前に現れたのです。その一瞬の出来事に、私達はどこかに隠れる暇もなく、完全に腰が抜けて固まった状態となってしまったのでした。

その魔法使いのおばあさんは、まるで私達の姿が見えるのでないかと思うくらいに、ぐりぐり目玉で私達一人一人をジロ～リと睨みつけながら品定めでもするかのように、目の前に仁王立ちになったのでした。

もうこうなったらいけません。

さすがの美和さんも完全に金縛《しば》り状態になってしまい、その時ばかりはリストナーさんにスリリングな旅行をしたいと申し出たことを後悔しない訳にはいきませんでした。でももう完全に後の祭りです。

そしてついに美和さんはなり振りかまわずに、声にならない声で叫んだのでした。

「リストナーさ～ん。マッキュリーさ～ん。フィウリー総司令官。誰でもいいから助けてェ～」

「もう我がままは言いませんから～」

「お願いですから助けてください～」

どれくらいたったんでしょうか。時間にすれば、ほんのわずか二、三分の出来事だったのでしょうが、彼らにとっては二時間にも三時間にも思えるくらいの、本当に長～い時間でした。

その心の叫びが届いたのか、

「手に持っているその杖にまたがりなさい」

という小さな声がどこからともなく聞こえたのでした。『そうだ』と思ってその言葉通りにすることが出来ました。

そのあと私達は無事飛びだすことが出来たようで、気がつけば、あの忌《い》まわしいお屋敷の上空を浮遊しながら、ようやくホッとして深呼吸をすることが出来ました。

今となってはあの怖い場面からどのようにしてこの場所まで逃げ出すことができたのか、誰の記憶にもないのが不思議と言えば、一番不思議なことでした。

命が縮まる思いとは、こういうことを言うのでしょう。もう二度と同じ体験はしたくないと思いました。

美和さんは三人に向かって、

「私の我がままのせいで、みんなに怖い思いをさせてごめんね」

と素直に心から本当に申し訳ないという気持ちで謝りました。

「まぁ、これから一生忘れることの出来ない思い出が一つ増えたと思って、今回のことは許してあげようよ。誰だって失敗のない人はいないんだからさ」

と取りあえず一見落着したところで、一刻も早くリストナーさんとフィウリー総司令官がいる宇宙船に帰ることにしました。

帰り道、目に飛び込む景色がとても来るときと同じ道だったとは思えないくらいに、まったく正反対の清々《すがすが》しい気持ちで帰路を急いだのでした。

しばらくしてようやく遠くにあの懐かしい宇宙船が見え始めたとき、なぜかみんな喜びと安堵と懐かしさで涙がこぼれてしまうのでした。

宇宙船の外にはリストナーさんとフィウリー総司令官と八名の科学者達が、両手を振りかざしながら全員で私達を迎えてくれました。

初めて一人旅に出かけた子供を迎え出る家族のように、その暖かい気持ちが伝わり、本当に嬉しくて喜びで胸がいっぱいになりました。

「よく無事で帰ってきたね」

とリストナーさんが優しく言われながら、一人一人の肩をそっと抱きかかえてくださいました。美和さんは無邪気な子供のように大声で、

「え～ん、え～ん」

と泣き出してしまいました。そして涙でぐしゃぐしゃになりながら、

「我がままを言ってごめんなさい」

と素直に謝ることが出来ました。

その姿をフィウリー総司令官もニッコリと微笑みながら、そっと見守っていらっしゃ

るのでした。

「さぁ、宇宙船に戻りましょう」

と促されながら、全員晴れやかな気持ちで宇宙船の入り口の方に向かい始めました。

そして今回はちゃんと通常どおり宇宙船の入り口を通って、正式に搭乗させてもらったのでした。

やはり宇宙船にはちゃんと入り口から正式に乗りこむと感激もひとしおで、『やっぱりこうでなくちゃなぁ』とタカシ君は、自分がまるで宇宙船に搭乗する映画のシーンに立っているかのような気分になったのでした。


それからいつものようにテーブルの定位置にそれぞれが着くと、フィウリー総司令官が私達の前に来られて、右手を前に伸ばし指をパチンとならすと、私達は元のキラキラ輝く天使達の姿に戻れたのでした。

そしてどこからともなく心和《なご》むような静かな調べが流れてきました。

四人はその音色にうっとりとしながら、自分達の姿をあらためて見ると、『やっぱりこの姿が一番落ち着くなぁ』と全員がしみじみと思ったのでした。

その時、

「さあ、これから急いで我が宇宙船に戻ることにしましょう」

というリストナーさんの合図で、一瞬にしてまるでこの広い宇宙の中に吸い込まれるかのように、私達の乗った宇宙船はスッと音もなく飛び立ちました。

しばらくして四人は今日の視察旅行で見てきたことなどを再び思い出しながら、一人一人が自分達の思いに耽《ふけ》っていると、せい子がポツリとつぶやきました。

「あれっ？　さっき宇宙船に乗り込む前に、リストナーさんとフィウリー総司令官と八人の科学者達全員がニコニコしながら私達を迎えてくれたよね。

そしてリストナーさんと総司令官に『お帰り』と声をかけられたよね。

その時、科学者の何人かにも同じように『お帰り』と声をかけられたんだけど、それって、もしかしたら、私たちの姿は科学者達にも見えていたということなのかしら？」

「そうよね～、ということは、私達の姿はこの宇宙船に乗っている全員に見えているということなのかしら？　それって透明人間の意味ないんじゃないの？」

と美和さんはいつものように勝手な論理を展開させてしまうのでした。

「美和さん、せっかく宇宙船に無事に戻れたんだから、あんまりそんなこと言わないほうがいいんじゃないの。僕達は特別な体験をさせてもらっているんだから、それ以上望んだらバチがあたるよ」

トモキオが珍しく少し強く言ったもので、美和さんはシュンと下を向いて、いつものように反省した素振りを見せました。

「でも全員に僕達の姿が見えているってことは、それってある意味で、もう不必要な気兼ねや遠慮はいらないってことだから、いいことじゃないかな」

タカシ君も初めての体験に彼なりの気づかいがあったようで、全員が「そうだそうだ」という結論になって、そのことについては一見落着したのでした。

そして私達は再び宇宙船に流れる宇宙のメロディーにうっとりとしながら、静かな一時《ひととき》を送ることが出来ました。


間もなくして、マッキュリーさんが優しく話しかけられました。

「今日の旅行は私にとっても、とても楽しい思い出となり、皆様とご一緒できたことを心からうれしく思います。そろそろ我が宇宙船に到着しますが、再びあの部屋でお会いいたしましょう」

そう言われると操縦席の方に立たれたのでした。

正面の大きな画面には、あの懐かしい宇宙船が見え始めました。

こんなにゆっくりと宇宙船の全貌《ぜんぼう》を眺めるのは初めてのことで、徐々に近づくにしたがって、その想像を絶するあまりにも巨大な姿に、私達はただただ呆然《ぼうぜん》と立ちすくんでしまいました。

気がつくと四人ともポカンと口をだらしなく開けながら、腰が引いたような姿で、思わず席を立ってしまっていました。

そのままの状態でしばらく身体が固まってしまい、時間も止まったかのようになってしまったのでした。

自分達の目の前に繰り広げられている全貌が、本当に現実なんだろうかと疑ってしまうほどの迫力に息が詰まるほど圧倒されてしまいました。

しばらくしてやっとの思いで深呼吸が出来たとき、詮索《せんさく》好きなタカシ君が慌てて言いました。

「さすが本物は映画のシーンとは迫力が違うなぁ〜。

ところで、フィウリー総司令官、一つお伺いしてもよろしいでしょうか。

以前宇宙連合には一〇万人乗りの大型宇宙船があると聞きましたが、この宇宙母船がそうなんですか？」

「はい、それではこの宇宙母船について、皆様にご説明いたしましょう。

ご覧のようにこの宇宙母船には三二の宇宙船があり、それぞれが一本ずつ、三二本の腕が交互に高さを変えて段違いに生えたような姿に設計されています。その一つ一つの宇宙船はみなそれぞれに独立した言わば国のようになっています。

そして時にはリストナーさん達のように、祖国の星が回復するまで、その宇宙船で過ごされるような方達もいらっしゃいます。

また、ある事情により一時待機するために、しばらく逗留《とうりゅう》される方達もいらっしゃいます。ですから、その時によって宇宙船で過ごされるメンバーも変化されるということになります。

また皆様に関心のあります、その大きさについてですが、

宇宙母船全体ですと直径一、〇〇〇キロほどありまして、母船本体だけでは直径八〇〇キロほどの大きさです。またその一つの宇宙船は直径八〇キロほどで、その一つ一つの宇宙船には更に小型宇宙船が大小約一〇〇機ほど用意されております。このように必要に応じていつでも利用されています。

また人口は、現在六〇万人くらいですが、最大限で一〇〇万人くらいは搭乗可能ですね。

以前一〇万人乗りの大型宇宙船もあると申しましたが、最初から皆様を驚かしてはい

けないと思いまして、少し控え目にお伝えいたしましたが、実際にはこのようにその一〇倍以上の一〇〇万人乗りのものもあるんですよ。

またその母船本体では時おりさまざまなイベントが開催されますので、それぞれの宇宙船に乗られた方々は、他の宇宙人達との交流も兼ねまして、幾度となく母船のほうにも足を運んでいただいております。

皆様にはこれからその他の宇宙船へもご案内したいと考えておりますので、その都度、質問がございましたら、何なりとご遠慮なくお声をかけてください」

そのようにおっしゃっていただき、タカシ君もホッとしたのでした。すでに宇宙船の真下あたりに停止したようでした。

そしてこれから、この小型宇宙船ごと宇宙船に引き上げられるということです。

実際にはスーッと音もなく吸い込まれるようにして、引き上げられていったのでした。宇宙船ごと引き上げられるのは今回が初めての経験でしたが、一切の揺れも感じないで瞬時に作業できる宇宙の科学技術に再び感心せざるをえませんでした。

そして気がつくと宇宙船は、最初のあのだだっ広い緑の丘の上に静かに位置していたのでした。そして今度もちゃんとドアを通って外に出たのでした。

来るときはマッキュリーさんと一緒に空を飛びながら来たのですが、リストナーさんとマッキュリーさんと他の科学者達は所用があるということで、帰るときはフィウリー総司令官の指示に従うことになりました。

せい子と美和さんは、いろいろなことがあってちょっと疲れたから、瞬間移動がらくちんでいいなぁと思った瞬間、総司令官がおっしゃいました。

「それでは、ご希望通り、これより瞬間移動によりあの部屋までまいりましょう」

と言われるなり、私達のキラキラと輝く天使達の透明な姿が足下《あしもと》から徐々に消え始めたのでした。アッと思ったのも束《つか》の間、気がつくと、もう既にあの部屋の中にいました。

あれからまだ一日しかたっていないはずなのに、この部屋がなんだかとても懐かしく思えました。中世の宮殿のような素敵な室内には、相変わらずテーブルの中央に美しい花々が咲き乱れていて、ホッとしてしまった四人は、大きなソファーにどっかりと座り込んでしまったのでした。

「何だか飲物がほしいわね。こういう時こそ、あのペリッテという飲物なんかがいいんじゃないのー」

と美和さんが早速言いました。

「そうよねー。私はあのマーニャーニャーがいいなぁ」

とせい子も言い出してしまいました。

「美和ちゃん、せい子さん。それってもしかしたら、あの時のあれですか？」

とタカシ君は彼女達から以前聞いた話をしっかりと記憶していたのでした。

実はその話を聞いたとき、自分も絶対にいつかその宇宙の飲物を実際に味わってみたいと思っていたのでした。

『どうして、女性はこんなにも食べ物のことになると、迫力が違うんだろう』とトモキオはつくづく感心しました。

この私達の会話が耳に届いたのか、その時、リストナーさんとマッキュリーさんとフィウリー総司令官が微笑みながら部屋に入って来られました。

「さぁ、皆様。まずは早速、肉体を持った普通の人に戻りましょう」

と総司令官がおっしゃったのでした。

「あっ、そうだった。この部屋の中だけは、普通の人間になれるんだった」

それに気がついた四人は一気に疲れもどこかへ吹き飛んでしまいました。

「さぁ、皆様。目を閉じて、私が『はい』と手を叩きましたら目を開けましょう」

総司令官のお言葉どおり、四人はドキドキしながら目を閉じました。

今度も昨日《きのう》のような美しい服装だったらいいなぁと思ったのでした。

せっかく宇宙までやって来て、普通の格好じゃつまんないとも思ったのでした。

次の合図を待つまでが長く感じられ、期待で胸がいっぱいになってしまいました。

その時でした。「はい」と手を叩く音が聞こえました。

タカシ君とトモキオは直様《すぐさま》目を開け、自分達の格好が昨日とは色違いのタキシード姿であることが分かり、大満足でした。

ところが、美和さんとせい子はなかなか目を開けません。

「せい子ちゃん、私どんな恰好してるか教えて?」

実はせい子もまだ目を開けられないでいることを知らずに、美和さんはせい子に問いかけたのでした。

「あら、やだ、美和ちゃん。私だってまだ目を閉じたままだから、分からないわよ」

とせい子が答えるのでした。

その二人の姿を見ていたタカシ君は、

「二人ともお姫様のようにきれいだから、安心して目を開けて大丈夫さ」

いつになく大人っぽい口調で言ったのでした。

その言葉に安心して、二人は促されるままにそっと薄目《うすめ》を開けました。

自分達の期待通りの姿に、

「ヤッター」

と叫んで、喜びのあまり二人は手を取り合って小躍《こおど》りしました。

美和さんは大好きなオレンジ色、せい子は真っ白のロングドレスでした。

四人の様子を楽しそうにご覧になっていらした総司令官は、

「続いてテーブルの上にご希望通りペリッテを用意しましょう」

と言われて、その言葉に今度はタカシ君が興奮してしまいました。

そして総司令官は、いつものように右手を前に伸ばして指をパチンとならしました。

そうすると、まず美和さんの前にコーヒー色の飲物が入ったグラスがパッと現れました。

続いて同じくパチン、パチンと二回ならすと、今度はせい子とトモキオの前にも同じ飲物が入ったグラスがそれぞれに現れました。

「いよいよ自分の番だ！」

とタカシ君が心で叫んだとき、総司令官が四度目のパチンをならしました。

どこからともなく空のグラスがパッとタカシ君の目の前に現れました。

「あれっ！　なんで僕だけ空っぽなんだろ」

と不安になったその時でした。

自分の目の前のグラスに、まるで見えないウェーターによって、飲物がグラスの底から湧き上がるように、徐々に七分目まで注がれたのでした。

「あっ！　これが夢にまで見たあのペリッテなんだ」

と今度は自分でも気がつかないうちに、声に出して叫んでしまいました。

そして自分の声に驚いたはずみに、グイッと一口飲んだのでした。

「きゃ！　こりゃすごい！　想像していたよりもすごい！」

と一人ではしゃぎながら、更にグイッ、グイッと飲み続けてついにグラスを空にしてしまいました。

そこでハッと我に返ることが出来、自分一人で舞い上がっていたことに初めて気がついたのです。そして、

「どうも済みませ～ん」

と頭に手をやって、いつもの口癖を言うのでした。

「そんなに気に入っていただけましたか。では特別にもう一杯サービスいたしましょう」

と総司令官がおっしゃって、パチンと指をならすと、先ほどと同じようにペリッテが徐々に注がれました。

「どうも済みませ～ん」

と再び頭をかきながら、キョロキョロと周りをながめると、三人がゲラゲラと笑い出してしまいました。

これでやっと安心して、ゆっくりとペリッテを楽しむことが出来そうでした。

しかしペリッテとくれば、やはりあのほっぺが落ちそうなお菓子がなくっちゃ、とせい子と美和さんが思ったとき、

「では、そのお菓子も用意しましょう」

とおっしゃったのでした。

二人は嬉しくなって、待ってましたとばかりに、期待で胸をワクワクさせながら、じっとテーブルの上を見つめていました。そこでタカシ君も右に習えで、同じようにじっと目を凝らして見つめていました。

三人が目を凝らし過ぎて、まばたきをしたその一瞬に、美しく彫《ほ》刻《ら》れた豪華なガラスの器にたくさんのお菓子が色とりどりに盛られて、私達の目の前にパッと現れました。

「ど・れ・に・し・よ・う・か・な」

と美和さんは一つ一つ指を差しながら、一番に口にするお菓子を真剣に物色《ぶっしょく》し始めました。

「あっ！　これだ！」

と叫びながら、同時に口に放り込みました。

「きゃ！　お・い・し・いー！　やっぱりこの味よ！」

「せい子ちゃんも早く食べてー」

と人に勧めながら、自分はしっかり二つ目もパクリと口に入れました。

「またペリッテとこのお菓子を口に出来るなんて、夢にも思っていなかったわ。本当に生きててよかったって感じ。本当にしあわせ～」

とせい子は言いながら、感激のあまり涙がこぼれてしまったのでした。

「タカシ君、このペリッテという飲み物は、穏やかな気持ちにさせてくれる効果と、更にみんなの意識が内に向けさせられる効果があるそうですよ」

トモキオは以前伺った説明をタカシ君に伝えました。

「あっ、やっぱりそうですか」

とタカシ君はいかにも分かったように言ったので、

「タカシ君、本当に分かったの?」

と美和さんに問いただされて、なにも考えないで口からでたらめを言ったことがバレたと思い、

「どうも済みませ～ん」

といつもの口癖が出てしまいました。


その時どこからともなく、美しいワルツのような音楽が流れてきました。

リストナーさんが美和さんの手をそっと取られ、静かに二人は踊り始めました。

突然の出来事に美和さんは驚いてしまいましたが、リストナーさんのスマートなリードで天にも昇るような思いがして、本当のお姫様になったような気持ちがしました。そして、『このまま時間が止まりますように…』と心の中で願いました。


今度はマッキュリーさんがトモキオの手を取られて、踊り始められました。

トモキオは少しはダンスの経験がありましたが、今までにこんなに気持ち良く軽やかな気分で踊った経験がありませんでした。『きっとこういう方達だったら、地球だったらすぐにチャンピオンになれるのになぁ』と思いながら、やはり宇宙の方達はすばらしいとあらためて感動しました。


二組のダンスを眺めていたせい子とタカシ君は、いつ自分達も誘ってもらえるのかと、自分達の番を首を長～くして待っていました。三、四分した頃、やっと自分達にも声がかけられ、二人はニコニコ顔で立ち上がりました。

美和さんはまるで魂が抜かれてしまったかのように、ポーッとしながらソァーにやっと腰掛けることが出来ました。

トモキオは知らず知らずの内に、気がつくとしっかりと二人の足下《あしもと》に釘付けになっていて、宇宙人の方達のステップを研究していたのでした。

地球では見たことのないテクニックも含まれていて、これは人間技ではないと思えるような、完璧なステップだったのです。

踊っている当の本人達は、心ここにあらずといった感じで、うっとりとしながら夢心地の一時《ひととき》を過ごすことが出来、生きててよかったと心から思いました。

せい子はダンスをしながら、『自分達だけこんなにいい思いをしてもいいのだろうか』と、その時かえって申し訳ないような気持ちがフッと湧き上がってきました。

今、もし心や身体が病んでいる人がここにいて、こんなに楽しい思いをさせてあげることが出来たなら、きっとその人達の病気も吹っ飛んでしまうかもしれないと真剣に思えたのでした。

すると今度は**『つらい人にこそ、喜びが必要だ』**と内から声が聞こえました。

そうだなぁと素直に思いました。

このように良心の促しとして、内からフッと何かが湧き上がったときは、いつもその

ことを大切に受けとめて、心にしっかりと刻むように言われていたので、せい子は素直にそうしたのでした。


一方タカシ君は快適指数二〇〇パーセントくらいのルンルン気分でしたが、

「そろそろお時間のようですね」

とマッキュリーさんに言われて、サッと我に返りました。

「では本日はここまでにいたしましょう、明日はまた違う宇宙船へ、ご案内したいと思います」

とフィウリー総司令官がおっしゃいました。

それからマッキュリーさんが微笑みながらおっしゃいました。

「皆様、昨日と今日のたった二日間でしたが、本当に楽しい時間をご一緒に過ごすことができて私達もうれしく思っています。今回の宇宙旅行を楽しんでくださいね」

続いてリストナーさんも爽やかな笑顔でご挨拶されました。

「皆様の心に留めることの出来た思い出を、どうぞ、これからも大切になさってください。そして地球星に戻られても時々は私達のことも思い出してくださいね。いつも宇宙から皆様を応援していますから、がんばってくださいね」

そのお言葉を聞きながら、お二方からは人をもてなす心と慈《いつく》しむ心を教えていただいたと思いました。本当にこれでいよいよお別れなんだと思うと、ジーンと胸が熱くなる思いがしてきて、思わず涙ぐんでしまいました。

そして「さようなら～」という声が遠くに聞こえたなぁと思ったときには、もうすでに、私達はあのベッドの中にそれぞれが横たわっているのでした。

いつの時も、人との別れはこんなにも悲しいものなのだろうか。

人と人との出会いには、必ず別れが来るものだからこそ、出会ったその一瞬を大切にするという、まさに一期一会《いちごいちえ》の精神を宇宙の方達も大切にしていることがよく分かったような気がしました。

二日間の出来事をトモキオがしみじみと思い出しながら横になっていると、隣りの三人はスースーと軽い寝息をたてながら、もうすっかり熟睡しているようでした。

肉体を持たないのに、なぜ寝息がするんだろうと不思議に思いました。

しかし、自分も含めて人間というものは、この肉体の意識にとらわれている部分がなんと多いことだろうか。もし仮に地球人達がこの肉体の意識にとらわれることがなくなったら、どんなにか素晴らしい世界がつくりだせるかもしれない、と思いました。

しかし現実的には『自分だけがよければ』という意識を取り去ることの難しさを思うと、その考えは今の地球ではあくまでも理想論だなぁと思い、ガッカリしてしまいました。まあ、そんなことをいつまでも考えていても仕方がないと、トモキオも気を取り直して、明日に備えて眠ることにしました。

地球人の勘違い

翌日小鳥のさえずるような声がどこからか聞こえたような気がして、全員がふっと目を覚まし、あたりをキョロキョロ見渡してみると、部屋の様子はすっかり変わっていて、どうも森の中の山小屋のようなところに私達はいたのです。

詮索《せんさく》好きなタカシ君は早速外の様子を見るために、ドアを開けて、大胆にも外に出ようとしたのです。せい子と美和さんは窓のカーテンのすき間からそっと外を覗《のぞ》いてみました。

ところが、家の周りにはたくさんの小鳥や、かわいい動物達が集まってきていて、何かワイワイと声をかけあって、こちらを見ているようでした。

その様子は、まるで自分達が動物園のオリの中に入っている動物になったようでした。

もちろん私達を見物しにやって来たのは、その動物達なのですが…。

タカシ君は外の様子にびっくりしてしまい、いったん開けたドアを思いっきり引っ張ったのでした。

「なんだなんだ！　見た？　見た？」

と慌てて三人に声をかけるなり、またそっと恐る恐るドアを二、三センチほど開けて、目を細めながら相変わらず外の様子を覗《のぞ》き見たのでした。


しかしよく考えれば、私達は透明人間なんだから、相手には姿が見えないはずでは？

と、トモキオは一人冷静に思ったのでした。

その時でした。トントンとドアを軽く叩《たた》く音がしました。

タカシ君は『あれっ、誰だろう』とドキドキしながら、更にドアをゆっくり開くと、そこにはフィウリー総司令官がニコニコされながら立っておいででした。

「皆様、目が覚めましたか。さぁ、お迎えにまいりましたよ」

そのようにおっしゃりながら、部屋の中に入って来られました。

「この宇宙船は特に自然が豊かで、このように動物達と一緒に家族のように全員が暮らしているんですよ。きっと楽しい一日になることでしょう」

その言葉を伺い、四人はすっかり安心して、どんな所なんだろうと興味がわきました。

総司令官がドアを開けて、私達に手招きをされたので、タカシ君、美和さん、せい子、トモキオの順にそろ〜り、そろ〜りと続いて外に出ました。

外に出てみると、リスやキツネ、シカやウサギなど、地球でもおなじみのかわいい動物達が私達を取り囲むようにして、私達が歩くのに合わせてついてくるではありませんか。

でもよ〜く観察すると、どこか姿かたちがやはり宇宙っぽい感じです。

その時、美和さんが不思議に思い、尋ねました。

「総司令官。彼らには私達の姿は見えないはずなのに、どうしてみんなが寄ってきたんですか？ それとも彼らには見えちゃってるんですか？」

すると総司令官は人差指を口に当てて、シーというポーズを取りながら、

「美和さん。それに他の皆さんも、よ〜く耳を澄まして彼らの話を聞いてごらんなさい」

とおっしゃいました。

「あっ！　そうだった！　私達はたとえ透明人間でも、この天使の姿である以上、宇宙のどこに行ってもだれの話でも分かるんだったんだよね」

と最初に宇宙船に来たときに、そう言われたことを思い出したのでした。

「ふんふん。なに？　なに？」

とタカシ君は地獄耳の特技を活かして、一番先に彼らの話に聞き耳を立てるのでした。

「キラキラと光っているのは何だろう」

「面白そうだからついていこう」

「もしかしたら天使様達じゃないかしら」

「天使様達のご家族かしら」

「後からスターニャ様に聞いてみよう」

「そうしよう、そうしよう」

動物達の話を聞くことが出来て、彼らにはキラキラ光る天使達の姿が見えているんだなぁと思い、なるほどと納得しました。

私達一行は、まるで若葉の季節の時期に野山を歩いているような感じの清々《すがすが》しさと、あたりに咲く美しい草花に目を奪われながら、足取りも軽くしばらく歩くことにしました。

「自然は素晴らしいなぁ。そのままの姿が私達を癒《いや》してくれているんだなぁ」

こんなに気持ちのいい思いは久しぶりだなぁと思いました。

最初は肉体がなければ、何にも感じないのかなぁと思っていたけれども、どうもそうではなくて、たとえ透明人間でも喜怒哀楽だけではなくて、五感のような感覚があるのかもしれないと思えました。

それからどれだけ歩いたのでしょうか。サラサラと気持ちのいい音がしたので、そちらの方をながめると、澄み切った小川のそばでは小鳥達が水遊びをしていました。

その景色はまさに絵画の世界だなぁとせい子は思いました。

せい子は、スケッチブックを片手に野山を一人歩きした子供時代を、懐かしく思い出していました。

その時突然、美和さんが『ふるさと』の歌を歌い始めました。

「う♪さ♪ぎ♪、お♪～い♪し、か♪の♪や♪ま～～」

そ～したらその続きを他の三人も合唱しながら、

「こ♪ぶ♪な♪、つ♪～り♪し、か♪の♪か♪わ～～…」

そのように全員合唱しながら、まるで遠足にでも出かけたような気分になって、しばしの間、なんとものどかな宇宙旅行を楽しんだのでした。

普段あまりノスタルジア（郷愁）を感じたことがなかったトモキオでしたが、そういう気持ちは祖国地球を離れてみて初めて感じる思いなのかもしれないなぁと思ったのです。そして一方では、自分達が普段あまりにも平和ボケしている日常に、ホトホト嫌気が差したのでした。

周りの景色は森の中から平原へと少しずつ変わっていきました。

そうして私達の斜め前方に、うっすらと霞《かすみ》の中にたたずむ大きな教会のような立派な建物が見え始めました。

「あっ！　あれは何ですか？」とタカシ君が尋ねると、

「あの建物にはある方が住んでいらっしゃるんですよ。その方にぜひ貴方達をご紹介したいと思います」

「そのある方とは、もしかしたら動物達がさっき言っていた、スターニャ様とおっしゃる方ではありませんか？」

と勘の鋭い美和さんが言いました。

「はい、その通りです。スターニャ様は古くからこちらに住んでいらして、動物達や自然界の草花達とも普通にお話が出来るお方です。もちろん貴方達とも会話はできますから、安心してくださいね」

私達はスターニャ様にお会いする前から、どのようなお方だろうかと想像が膨れ上がってしまい、美和さんはきっと王様のような恰幅《かっぷく》のいい方かなぁと思いました。

せい子は反対に華奢《きゃしゃ》な体つきの繊細な方ではないかなぁと思いました。

タカシ君は優雅で気品のある女王様のような方ではないかなぁと思いました。

三人がそれぞれの思いをいっぱいにさせながら、ついにその立派な建物の前まで来たのでした。もちろん動物達も好奇心から、ずっとここまで私達について来ました。

私達が到着する前から、もうすでに小鳥達がスターニャ様に私達のことを伝えていたようで、タイミングよく、スーッとドアが開けられました。

「いらっしゃいませ」

と透き通るような声に、執事らしき紳士が出てくるのではと期待していると、なんとそこには私達の想像を絶する姿があったのでした。

背丈は私達の倍はあるかと思える位の大きさで、体つきもがっしりとしており、それに加えて更に驚いたのは、白っぽい服装からはみだした肌の色が緑色だったことでした。そこで四人は怖いもの見たさに恐る恐る顔を見上げると、とても失礼なことに、思わず噴き出してしまったのでした。

それはまるで童話にでも出てくる青鬼赤鬼のような風貌でもあり、また獅子《しし》のようでもあり、と言っても怖い感じではなく、とっても愛嬌《あいきょう》のあるお顔で、子供が喜んで飛びついていくような可愛らしさのある、なんとも目もとの愛くるしい姿に、私達も思わずクスッと笑ってしまったのでした。

これだけ大きな建物のその意味がよくわかったのです。

私達には巨大な家も巨人（？）が住む家としてはごく当たり前の大きさなのかもしれないと思い直したのでした。

私達が彼の姿を観察していると、彼が少し背をまるめて、動物達とまるで会話をするかのような仕種《しぐさ》をされたのでした。ずっとついてきた動物達は、その巨人に飛びついたり、背中に駆け上がったりして、キャッキャキャッキャッという声をたてながら、その喜びを彼らなりに一生懸命に表そうとしているのです。

彼も本当にうれしそうに顔を更に崩しながら、しばらくみんなの相手をしていたのでした。その様子を見ていた私達は、

「あれっ？　もしかしたらこの人があのスターニャ様ではないだろうか」

とようやくそのことに気がつき始めたのでした。

スターニャ様の正体は？

「さぁ、お客様がいらっしゃったんだから、もう少し静かにしておくれ。みんなの話はよく分かったからね。じゃ、お客様と一緒にこちらにお入り」

と動物達に優しくお声をかけました。

そして続いて私達の方にその愛らしいお顔を向けながら、

「ようこそ、はるばるとよくいらしていただけました。さぞかし驚きも多いこととは思いますが、どうぞごゆっくりしていってくださいますように」

と、とても丁寧に心に響くような素晴らしいお声でご挨拶をされたのでした。

そのご挨拶を聞いて、私達が先ほどお顔を見上げたときにクスッと笑ってしまったことを思い出し、申し訳なく思ったのでした。

私達はどうしても外見にとらわれるところがあり、特に人間の姿はこういうものだと決めつけているところがあって、どうしても知らず知らずのうちに先入観を身に着けてしまっていたのだと反省したのでした。

もしかしたら、私達が普通だと思っている地球人の姿も、宇宙人から見ると、とても滑稽《こっけい》な姿に映るのかもしれないと思ったのでした。

動物達と一緒に案内されたところは、まるで天まで届くのではと思えるくらい高〜くて広〜いホールでした。

そこには自然の流木で作られた不思議な形の椅子があちらこちらにたくさん置かれていて、一〇〇人以上は座れるように思えました。また窓以外にも天上から自然の明り取りがなされていて、木肌がそのまま活かされているせいか、なんとも厳《おごそ》かでありながらも、自然と一体になれるような不思議な空間を作り上げていました。

このホールに一歩足を踏み入れた瞬間に、四人は頭のてっぺんから身体《からだ》全体にスーッと宇宙のエネルギーが流れ込むような感覚を受けたのでした。

そしてなんとも清々しい爽やかな状態になれたのでした。

この建物をそっくり地球に持って帰れたら、わざわざ瞑想をしなくても、地球人が一歩足を踏み入れた途端に、全員が心清らかな人に覚醒出来るのになぁと思ったほどです。

動物達はスターニャ様の周りを取り囲むようにして、ぐるっと円を描くように思い思いの席につきました。そこで私達も彼らを見習って座ることにしました。


「スターニャ様はとってもお話が上手で、いろいろな方達の質問にも答えて差し上げたりする先生のような方なんですよ」

と総司令官が小さな声でおっしゃいました。

そこでスターニャ様が私達の方を向かれて、お声をかけられました。

「地球の皆様に、まずは何か私に対して質問がありませんでしょうか？」

一瞬何を聞いていいものかと悩んだとき、トモキオはある若者からの質問を思い出しました。

「地球のある方からの質問です。その方は自然豊かな環境で生活している方なのですが、『自分達と自然の中の鳥や植物、木々や動物など生命《いのち》あるものみんなが一つになるためには、どうしたら良いのでしょうか?』というものです。スターニャ様のご意見を伺せていただきたいと思います」

「この質問は私にピッタリだと思いますよ。その方に伝えてあげてください。

自然の中に生活しているもの達は、最初から一つの家族なんです。そこに力の違いとか、大きさの違いとか、個人差はあっても、基本的になんら差はなくて、**みんなが一つの家族だということをただ『そうだ』と単純に思えば良いのだということです。**

しかし地球の方達は、その基本的な考えがいつのまにか、ねじ曲げられてしまったようですね。そして力があるものが一番偉いというような考えを持ってしまったように思います。**その考えを証明するものが、自然界の破壊です。**

私の話を聞いて、もしそうだと素直に思っていただいたなら、もうこれからは自分と自然との分離意識は持つ必要がないということになります。

どうぞ、そのコチコチになった頭を一度叩《たた》き割っていただくと、きっと中から本物の意識が表に出てくると思います。

最初から自然の中に生きているもの達は一つの家族であって、ずっとこれからもその

関係は永久に変わらないということです。

自分を大切にするように、自然の生きもの達を大切にすることは、一つの家族として当然のことであり、これが出来なかったら、自分も家族も存在できないということになります。

これが自然界の法則です。

生命《いのち》あるものが一つになる方法は、あなたが『そうだ』と認めることです。何ら難しいことではありません」

「はい、ありがとうございました。本当におっしゃる通りだと思います。私を含めて地球人は自然界や地球自身さえも個人のものだと、どこかで勘違いしてしまっていたのだと思います。

その勘違いの結果が、今問題の自然破壊の姿であるとは、まったく異論はありませんが、残念ながら、それさえも人のことであり、自分には関係ないと思っている方達も多い訳です。

そこで私達も『宇宙連合からのメッセージ』を通して、一人でも多くの地球の皆様の意識に届くようにと、幾度となく働きかけてまいりましたが、なかなか難しいように思います。やはり心素直な方が一番素晴らしいと、かつて言われた意味が今日あらためて分かったような気がいたします」

そのあと、美和さんがすぐに質問したのです。

「あの〜、スターニャ様は動物以外にも草花ともお話が出来る方だと伺いましたが、それはどういうふうにしてなれたのですか？　私達でも出来るようになれるでしょうか？」

「はい、お答えいたしましょう。ここにいる動物達はみな私のかわいい家族ですが、この子達も実は今私が話している言葉が通じているのですよ。

では、どういうふうにして話が出来るのかということですが、その前に、実はもっと大切なことがあります。

それは、先ほど伝えた**生命《いのち》あるものは一つだということ。**

つまり**すべての生きもの達は一つの生命《いのち》だということ**を知ることです。

その思いを深めていきますと、自然とある時から、その一つの生命《いのち》を通してそれぞれの思いが伝わるようになれるのですよ。

テレパシーという言葉がありますが、それもその一つの生命《いのち》を通じて行われているものですから、皆様に分かり易くお伝えするならば、そのテレパシー通信によって、動物や草花達と会話をしているとお伝えしたいと思います」

「はぁ～、やっぱりテレパシーですか？」

美和さんは分かるようで、分からない言葉に何か複雑な思いがしました。

「美和さん。スターニャ様がおっしゃった『思いを深める』とは、きっと自然界の生きもの達のことや自分達と自然界の関係とかを、いつも考えていくということだと思うんだけど。そうすると、僕達にもその同じ一つの生命《いのち》が流れているから、その生命《いのち》の意志が良心の促しを通して、いろいろなことに気づかせてくれるから、それをまた素直に表していくと、徐々に思いを深めることが出来るということをおっしゃっているのだと思うんだけど」

トモキオはそのように、美和さんに言ったのでした。

「う～ん。なるほど。少～し分かってきたように思えるわ」

「トモキオさん。ご説明ありがとう」

とスターニャ様は素直におっしゃいました。

その一言に真心《まごころ》がこめられていて、トモキオは反対に涙がこぼれるような思いがしました。

その時、タカシ君が次の質問をしました。

「スターニャ様は毎日どのようなことを考えていらっしゃるんですか？」

タカシ君の率直な質問に、スターニャ様も微笑まれながら答えられました。

「はい、私が今もっとも関心のあることは、この広〜い宇宙の中にはいろいろな方達がいらして、みんなが仲良く暮らしている訳ではないということです。

その結果争いは耐えませんが、そういう争いをしている方達が、一日も早く、本来の心に気がついていただきたいと心から願っています。

しかしその願いをどのようにして、より具体的に表すことが出来るのだろうかと、私なりに考えております。

また他の宇宙人の方達との交流を通して、自分に出来ることは何があるだろうかと考えております。例えば今、貴方達とお話させていただくことも、とても大切なことだと考えております。今のところはこのようなことでしょうか」

「あっ、はい。そうですか」

とタカシ君が曖昧《あいまい》な返事をすると、続いてせい子が少しあらたまって話し始めました。

「先ほど初めてお会いしたときに、お顔を見て笑ってしまい、本当に失礼なことをしました。申し訳ありませんでした。みんなを代表してお詫びします。

ところで変な質問ですが、今までいろいろなスタイルの宇宙人の方達にお会いになったと思いますが、私達地球人は珍しい顔形をしていますか？

私達はそんなにたくさんの宇宙人の方達とはお会いしていませんし、地球に帰れば、同じスタイルの地球人としか毎日会いませんので、私達が普通だと思っているこの地球人の顔形さえも、もしかしたら宇宙から見たら、何か変なのかなぁと思ってしまったんですが、どうでしょうか？」

せい子の真面目くさった様子に美和さんが噴き出しそうになったのですが、しかしよく考えると彼女の言っていることも一理《いちり》あると思いました。

「はい、この宇宙は多様《たよう》です。ですからきっと貴方がたの知らないこともたくさんあると思います。その中には、もちろん貴方がたの想像をはるかに超えた姿形の宇宙人達も実際にたくさんいらっしゃいます。

そこで他の宇宙人達と比べて、地球人の顔形が変か、あるいは変でないかは、あくまでも主観的なことになると思います。

私の考えとしては、この宇宙に現されているそのすべてが、一つの生命《いのち》を通して現されており、そこには深い意味があると思います。

そしてその現された一つ一つが何のために現されたのかは、その現されたもの達本人が知る必要があると思います。

そういう意味でも、表に現れた姿形、またそれぞれの個性さえも、深い配慮のもとに、理由があって今表現されているとしたならば、その本当の思いに目を向けるべきではないかとそのように思います。

ご質問の答えになったかどうかは分かりませんが、貴方が今疑問に思われたように、**何事も一方の立場から考えるだけではなくて、時には反対の立場に立って考えてみようとすることも、とても大切だと思います。**

そして最後に全体から見たらどうなのだろうかという考えで、これから何事もご覧になられると、更に皆様の思いを深めることが出来るようになっていくと、そのように思います。

とても素直な素晴らしい質問でしたね」

そのようにおっしゃっていただき、せい子も思い切って質問したことをよかったなぁと思い嬉しくなりました。

それまでのスターニャ様と私達の話を耳を澄ますようにして、おとなしく聞き入っている動物達の様子には、とても普通の動物達とは思えないただならぬ雰囲気が感じられました。

そこで美和さんはせい子の耳元にそっと口を近づけながら、ささやきました。

「ねぇ、せい子ちゃん。もしかしたらこの動物達も本当は宇宙人なんじゃないの？どう思う？」

せい子は美和さんも自分と同じようなことを考えていたのかと思い、すぐに答えました。

「きっと、そうだわよ。だってスターニャ様の話が分かるくらいですもの。そうに決まっているわ」

その時、タカシ君も会話に入ってきました。

「そう言えば、よく見ると何となく地球の動物達よりも、そこはかとなく知性がにじみ出ているように、僕には見えるんだけど…」

三人はコソコソとそのような会話をしながら、勝手に結論づけました。

自然の中に生きているもの達は、みんな一つの家族

その時でした。突然シカに似た姿の動物が静かに立ち上がり、首を少し斜めに傾ける

ようなポーズをとって、私達の方を毅然《きぜん》と振り向いたのです。

「あっ！」

自分達の想像もしていないその突飛《とっぴ》な行動に、私達はポカンと口を大きく開けて、思わず声を上げてしまったのです。

しかし次にもっと驚くようなことが起こったのです。

なんと、そのシカに似た動物が私達に向かって話し始めたではありませんか。

「スターニャ様と皆様のなされていた今までのお話は、スターニャ様の通訳により知ることが出来ていました。また私達のことを宇宙人ではないかと話されていたようですが、実は私達にはそのような感性はありません。

『私達は宇宙に現された生きもの』という受けとめ方をしているだけです。ですから、**人とか動物とか植物とか、そのように分類するようなこともありません。**

貴方たちの星にも、私達のように動物と呼ばれる生きもの達もいると思いますが、きっと彼らも、そのように動物と分類するような意識は彼ら自身持っていないと思いますよ。

私達はスターニャ様がいつもおっしゃっている**『自然の中に生きているもの達は、みんな一つの家族だ』**という思いを持つことが出来ています。

力の強いものも、弱いものもみんなが一つの家族として、ただそのように生きるだけです。貴方達も私達の話が聞こえるようにしていただいていると、伺ったものですから、ぜひ私達の思いをこの機会にお伝えしたいと思いました」

そして話がおわりますと彼はパチンと静かに瞬《まばた》きをしてから、ゆっくりと腰掛けました。

私達は息をするのも忘れるくらいに身体が硬直してしまい、気絶してしまいそうになるのを、必死にこらえるのがやっとの思いでした。

もし私達がこの動物の話が理解できない普通の地球人だったら、その動物がブツブツと動物言葉を口ずさんでいるようにしか聞こえなかっただろうと思います。

そして、地球人全員が動物や植物達の言葉を理解出来たなら、どんなにか、彼らのことをもっと真剣に考えて上げられるのになぁ、そしてどんなにか、人類のために尽くしてきてくれていたのかを本当に知ることが出来るのになぁと、思いました。

でも、たとえ動物や植物達の言葉が理解出来なくても、シカに似た動物のお話を伺って彼らの本当の思いを知ることが出来、目から鱗《うろこ》が落ちたような思いがしました。

その時、突然、『**人類よ。おごれることなかれ**』という言葉が、四人の内から同時に聞こえてきたのでした。そして、続いて以前フィウリー総司令官から伺った言葉が四人の頭によみがえりました。

『**人は相手の姿からたくさんのことを学ぶものです。なぜなら、その相手の姿は自分の〈合わせ鏡〉だからです。**

そして自然界のすべてのもの達さえもが、貴方達の学びのためにあるのです』

まさにその通りだと、今なら素直に思えるのでした。

私達はなんと今まで深く考えずに、知らず知らずのうちに身に着けてしまった先入観に、がんじがらめにされていたのかを気がつかされたのでした。

そうなると、私達が今まで疑わずに当たり前と思っていたことや、常識と思っていたことさえも、本当は一体どうだったんだろうかと、せい子と美和さんの脳裏に更なる疑問が湧き上がってきました。

せい子と美和さんはよく普段の会話の中で、「あの人変わった人よ」「ちょっと変じゃないの」「常識がないのよ」と、自分達の考える物差しで物事を無意識のうちに判断していたけれど、そうなると、これからは、常識とか非常識の判断さえも出来なくなってしまうと思ったのでした。

なぜならば、そう言っている自分さえもが、相手から見たら非常識と映ることがあるということですから。

「じゃ、美和ちゃん。私達普段何気なく、晴れた日には『今日はいいお天気ですね』と挨拶をしているけれど、その挨拶言葉さえも、時と場所をよく考えて使わなくてはいけないということになってくるよね。

だって、もしかしたら砂漠のような日照り続きの場所でそんな言葉を言ったら、私達ふくろ叩きにあってしまうんじゃないの。

反対にどしゃぶり続きで大洪水になっている所で、雨が降ってきたときに、『今日はいいお天気ですね』と言ったら、やっぱりたいへんでしょ。

以前、善いも悪いもないという言葉を聞いたことがあるけれど、本当に善いと悪いの判断はその立場によっても違ってくるということじゃないかぁ。いろいろと考えだすと、何かすごく難しいわねぇ」

せい子は頭が混乱してしまいそうになりました。

「せい子ちゃん、そんなに悩まなくてもいいのよ。これからは、『今日はいいお天気ですね』という言葉は使わずに、単純に『今日は晴れですね』とか、『今日は雨ですね』

というふうに、**ただ事実を言えばいいのよ。**そうすれば、どこでもＯＫでしょ？」

「あっ、そうか。そうだよね。美和ちゃん、なんて頭いいの。見直しちゃったわ」

とせい子が誉めたので、美和さんはへへへと鼻高々になってしまったのでした。

本当に我々人間ごときに、『善い・悪い』の判断が出来るのだろうかと、トモキオは思ったのでした。


全員の様子をご覧になっていたスターニャ様が、軽く咳をされてから、ニッコリ微笑まれて、とっても愛くるしいお顔でおっしゃいました。

「今日は実は宇宙母船で楽しいイベントがある日なんですよ。それで我々も招待されていますから、よろしければ、今からご一緒に行かれませんか？　もしかしたら、あらたな発見があるかもしれませんよ」

そう言われて、四人全員がウンウンと二つ返事で答えると、フィウリー総司令官も
「そうしましょう」

と言われたので、早速行動に移すことになりました。

そしてスターニャ様が両手をパンとあわせて、誰かに何か合図をされたようでした。

そのあまりの音の大きさに、鼓膜がビーンと響いたほどです。

「今、外に自家用車の用意をいたしましたので、こちらへどうぞ」

とスターニャ様が手招きをされたので、全員がその後に続きました。

宇宙船の防衛システム

私達はこちらに来るときよりも、その動物達のことをとっても身近に感じることが出来て、昔からのお友達のようにさえ思えたほどです。

それはやはりあのシカに似た方が、話をなさったお陰だと思いました。

やはりどの人達とのコミュニケーションも大切だと言われている通りだと思いました。

みんながゾロゾロと歩き出し、間もなくしてそのホールを出ると、玄関口にはもうすでに自家用車らしき乗物が用意されていました。

そしてその乗物の側《そば》には、運転手らしき方が二人待機していて、私達一行が玄関から出た途端、さっと寄ってきて挨拶をされるのでした。

「お待ちしておりました。さぁ、どうぞこちらへお越しくださいませ」

と手招きをされながら、丁寧に私達を車まで案内してくれました。

既にスターニャ様で少し慣らされていたとはいえ、更にもう二人の珍しい姿の宇宙人を見てしまったのですから、内心ドキドキしながらも、前のこともあるので、笑顔を取り繕い、出来るだけ平静をよそおいながら、案内された席に着きました。

その自家用車は約二〇人乗りの気球船のような形をした青い乗物でした。

一人は運転手らしく、もう一人はエスコート役の若者のようで、それにしても彼らには私達の姿が見えているらしく、とても人懐《なつ》っこく話しかけてきました。

「皆様はじめまして、僕はクリアード、彼はトランジェといいます。

僕達の姿を見て驚いたでしょう。貴方達の倍以上の大きさがあるので、さぞかし力持ちだと思ったかもしれませんが…。実は僕達は他の宇宙人達と腕相撲をしてもすぐ負けちゃうんですよ。

いつもはかわいい動物達と遊んでいるので、どんな姿のお客様でもお話出来るのがうれしいんです」

そう言いながら、フフ～ンと鼻歌を歌い出したのでした。

彼の言葉通り本当に喜んでいるのがこちらにも伝わり、なんであれ歓迎されていることは喜ばしいことでした。

気がつくと、すでに乗物は発車しており、まるで空気と一体となったかのように、なんの抵抗も感じさせないで、見る見るうちに上空まで上っていったかと思ったら、今度は急に方向転換をはかり、超スピードで一気に進んでいきました。

しばらくして、タカシ君が話しかけました。

「ところで、この乗物は気球のようにも見えるのに、かなりの速さですね。何で動くんですか?」

エスコート役の若者は話しかけられたのが嬉しい様子で、

「実はこれは僕が生まれる前からあったのでかなり古いのですが、最初の頃は何か気体を使っていたようです。その後宇宙エネルギーを使用するようになったのですよ。見かけはクラシックですが、なかなかスピードも出て、アッという間に着いちゃいますよ。ほらっ、僕の言った通り、前方を見てください。間もなく着きますよ」

出発してからものの七、八分もしない内に、早くも目的地に着いたようです。

そこは何かのゲートのようにも見えました。

そしてその気球船は静かにそのゲートの前に着陸しました。

エスコート役の若者が先に降りて、他の人達が降りるときに、

「お足下にお気をつけください」

と一人一人に声をかけながら、彼なりの気配りをしていました。

しかし、せい子と美和さんは、

「私達透明人間なんだから、なんで足下に気をつける必要があるのかしらね」

と彼の仕種にケチをつけたのでしたが、彼の言葉かけの意味が後ほどすぐに分かることになったのです。


乗るときは気がつかなかったのですが、実はドアの下の部分に少しだけ高さがあって、せい子と美和さんは余所見《よそみ》をしながら話していたものだから、案の定、二人ともつまずいてバタンと転んでしまったのです。

しかし、その転んだ二人の姿を他の方達は見て見ぬ振りをして上げたのです。

もちろん肉体はありませんから、痛くはないはずですが、なぜかその時は膝のあたりが二人とも痛みました。

「美和ちゃん、私達きっとバチがあたったのよ。人の親切を無視したから、だから肉体がないのにきっと痛みを感じさせられているのよ」

「本当よね」

と美和さんはいつになく妙にしんみりと答えるのでした。

「さぁ、ここからはいよいよ宇宙母船へとまいりますよ」

そのようにエスコート役の若者は告げながら、私達四人とフィウリー総司令官と、そしてスターニャ様がゲートの中に入るのを確認してから、スイッチを押しました。

するとヒュッと音もなく、およそ二〇キロの宇宙母船までの道程《みちのり》を一直線に移動しました。それはまるでトンネルのような所をエレベーターのような物に乗って移動しているようでした。まったく揺れることもなく、三〇秒もしないうちに到着しました。


到着したと同時に、ドアはスーッと開けられました。

その瞬間、目の前に広がる空間は、これぞ宇宙船という言葉がぴったりするような、大理石張りのクリーンな空間でした。多種多様な宇宙人達に彩られた光景に圧倒されながら、私達はその空気に慣れるまでのしばらくの間、そのままじっとたたずんで目の前の現実の姿を受け入れるように努力したのでした。

最初は想像を絶するようなさまざまな宇宙人達の姿に釘付けになりながらも、段々とその様子に慣れてきて、一人一人を余裕を持って観察出来るようにまでなりました。その思い思いの衣装は地球の仮想大会を思わせせました。

今日は年に一度のダンスコンクールだそうで、どうりで華やかな衣装がたくさん目に入り、それに加えて彼ら自身の姿形がまた華やかという表現がいいのか、目を奪われるという表現がいいのか、さすがの私達もただただびっくりの連続でした。


その時美和さんは疑問に思い、フィウリー総司令官にそっと尋ねました。

「私達の姿はこの人達に見えているのかしら?」

「安心してください。同行しましたスターニャ様とクリアードさん以外のこの会場の方達には貴方達の姿は見えませんよ。今日はあくまでも特別にということで、招待状のない方は入場出来ないことになっているのですよ」

総司令官の話を聞いて、四人はすっかり安心しました。

流れている音楽もどこか宇宙的で、地球のジャズにも似たようなリズムに私達も楽しくなってきて、思わず身体が動き出してしまうほどでした。

「そろそろ始まりそうですよ」

とスターニャ様が、私達を観客席の方へと案内してくださいました。

今日は決勝大会ということもあって、各宇宙船で予選を勝ち抜いてきた選手達が一堂に会するのですから、これはかなり見応えがありそうです。

真赤なタキシード姿の背の高いハンサムな方（？）が、マイクを片手に選手達の紹介を始めました。全部で一〇組のペアーが出場するようです。

しかし会場の選手達の熱気と興奮気味の観客達の歓声で、会場はもう手の着けられない状態で、司会者が何を言おうとも全然おかまいなしで、自分達の世界に酔いしれているといった感じでした。

ようやく選手達の紹介が終わったようで、音楽が流れ始めると、なんとあのにぎやかだった観客達もシーンと静かになり、今までとは打って変わって、会場はとても厳《おごそ》かな雰囲気に包まれました。

宇宙の音楽に合わせながら、軽やかでうっとりするようなダンスはさすがだなぁと感心していると、時には大胆な振り付けに会場全体がドッと思わず笑ってしまったりと、地球のダンス会場とは違って観客達の反応もさまざまで、素直に自分達の感情を表現している姿に好感を持ちました。

せい子と美和さんもすっかり調子づいてきて、じっとしていられなくなってしまい、出来れば自分達も踊りたいと思ったほどです。

「せい子ちゃん、私達も踊れたらいいのにねぇ」

「まぁ、こらえてよね。ところで美和ちゃんはどの組がいいと思う？」

「私は断然、あの豹柄《ひょうがら》の顔をした黒のドレス姿がとっても素敵なペアーよ」

「美和ちゃん、私はその向こうの、白鳥のように裾が広がったお衣装の組がいいなぁ。だって相手の男性もこうもりのようにスマートで手を広げたらあんなに大きいし、なんか頼もしいって感じがするじゃない」

「僕は右手前のピンクのドレス姿がキュートな、ウサギちゃんにそっくりな耳の長い子が好みだなぁ」

とタカシ君は聞かれてもいないのに答えるのでした。

「トモキオさんはダンス経験者として、どの組が上手だと思うの」

と美和ちゃんがトモキオの顔をのぞき込みました。

「僕はよく分からないよ。だって何を基準にして審査するのかが分からないでしょ。でも、強いて言えば、あのゴールドとシルバーの組かな」

ゴールドとシルバーのチカチカするような衣装が、その褐色の肌と妙にマッチしていて、まるで一瞬に燃えつきる夏のホタルのように、その宙に舞う姿は優雅で美しく、まさに宇宙の神秘といった感じに、トモキオは魅了させられました。

踊っている選手達もさることながら、観客達の衣装はそれはそれは華やかで、背中に大きな羽根をつけているあげは蝶《ちょう》のような人がいたり、長いアンテナのついた銀色のトンガリ帽子の途中から長い角を出しているトナカイのような人とか、身体じゅうを色とりどりの美しい羽根で覆っているクジャクのような人とか、中には本物の女王様のように立派な冠を着け、四、五人の召使いをつれた人とか、地球では決して見ることの出来ない光景に私達は本当に感動してしまい、時間の過ぎるのも忘れてしまうほどでした。

このようにして会場全体がパーティーのような雰囲気に包まれながら、選手達も観客達も一つとなって最高に楽しむことができたのでした。

しばらくして、スターニャ様が総司令官にチラッと目配せをしてから、私達の方に向かって、次のようにおっしゃいました。

「お楽しみのところたいへん申し訳ないのですが、これよりある大切なものを見ていただきたいと思いますので、どうぞ、私の後についてきていただけませんでしょうか」

スターウォーズの世界がそこにあった

その突然のお言葉に、せい子と美和さんは狐《きつね》につままれたぐらい驚いてしまい、今から一番いいところなのにと、急に仏頂面《ぶっちょうづら》になり不機嫌な思いを露《あらわ》にしたのです。

「もーっ、なんでいつもそうなの。これからっていう時に限って、いつもそうなんだから」

と美和さんは自分の不満な思いをもう我慢できなくて、つい叫んでしまいました。

「まあ、まあ、そんなに美和さんも怒らないで。スターニャ様がそのようにおっしゃったということは、きっと深い意味があるんだと思うからね。少し落ち着いて、ね。」

トモキオは慌てて美和さんをなぐさめようとしました。

「美和ちゃん、よーく考えたら、私達も十分楽しませてもらえたんじゃないの。それにこれから、もっとワクワクするものを見せてもらえるかもしれないじゃないの」

せい子もそう言って、美和さんがいつものように爆発してしまわないように、必死に説得しようとしました。

「あっ、そうよね～。せい子ちゃんのいうように、もっといいものをこれから見せてもらえるかもね」

と立ち直りの早い美和さんは、すっかり機嫌を直していました。

それから一行はスターニャ様を先頭に、美和さんとせい子、トモキオとタカシ君、そしてクリアード君、総司令官の順に会場を後にしました。

「これからどこに行くんでしょうね。何だかワクワクしますよね」

と話し好きのクリアード君はタカシ君に話しかけました。

「今まで何回ぐらいこちらに来たんですか」

と詮索《せんさく》好きなタカシ君が問いかけると、

「実は今まではイベントの度《たび》に数え切れないくらい何度も来ましたが、いつもあの場所がイベント会場で、あそこ以外の場所へは行ったことがないんですよ。これから向かう場所は、今回が初めてなんですよ」

「それじゃ、僕達といっしょですね」

とまるで井戸端会議のような話をしながら、二人はすっかり打ち解け合うことが出来ました。

横幅の広～い通路を過ぎて、次の角を左手に曲がると、すぐ側のエレベーターに全員が乗りました。ドアは閉められたと思ったら、三秒もしないうちにスーッと開けられました。

そしてそのドアが開いたと同時に、私達四人とクリアード君の五人は、「あっ」と声にもならない声を口にしながら、開いた口を塞《ふさ》ぐのを忘れてしまうほど、ただ呆然《ぼうぜん》と立ちすくんでしまったのです。

先ほどまでのあのダンス会場のにぎやかさとは打って変わり、シーンと静まり返った広～い部屋には、コンピュータの見本市会場にでも来たかのように、所狭しと並べられた数々の機器に向かい、多くの科学者らしき人達が熱心に操作をしている姿が見えました。

そして前方の壁面いっぱいの一〇〇畳はあるかと思える大型スクリーンには、宇宙空間の映像が映し出されていました。

「皆様、まずはこちらのお席に、どうぞお掛けください」

スターニャ様は、部屋のやや後方に並べられたゆったりとした椅子を私達に勧《すす》めてくださいました。

その椅子に座ってみると、なんとも素晴らしい座り心地に再び驚いてしまい、このまずっと一生座っていても疲れないのではと思うほど、一人一人の身体と一体化してしまうような精密なデザインに、トモキオはあらためて宇宙のすごさを感じました。

「美和ちゃん、この椅子とっても座り心地がいいよね」

「せい子ちゃん、私この椅子地球に持って帰りた〜い」

二人がそんな話をしていると、続いてスターニャ様が話されました。

「実はこの部屋は宇宙母船の操縦室になっています。部屋の位置としては、先ほどのイベント会場の下あたりに位置しています。

通常は操縦士ほか関係者の方達しか入室は許可されませんが、今回は特別に許可していただきました。

実は地球の皆様に、この宇宙母船の防衛システムをご覧いただきながら、普段どのようにしてこの宇宙船で生活している約六〇万人の生命《いのち》をお守りしているのかを、実際にご覧いただきたいと思います」

そのように説明をしているうちに、突然、正面の大型スクリーンの周りのランプが一斉に点滅を始めました。そして瞬間的に画面の映像が変化したのです。

部屋にいる操縦士達の表情が一瞬張りつめ、部屋全体に緊張感が漂っていました。

私達もただならぬ雰囲気を感じ、何か嫌な予感がしました。

私達の気持ちを察した総司令官は、

「大丈夫ですから…」

と一言おっしゃいました。

操縦士達は自分の目の前の小型スクリーンをじっと見つめながら、各自が機敏な操作を続けています。気がつくと、正面の大型スクリーンの点滅していたランプが消え、元の映像に切り替わっていました。ほっとした安堵感が部屋全体に感じられ、元の静かな状態に戻りました。

「今は何があったんですか」

タカシ君が慌てて尋ねました。

「先ほど、正面の大型スクリーンの周りのランプが点滅したでしょう。それは宇宙の中でこちらの宇宙母船に対して、攻撃をしようと意図したものがあった時に、そのように点滅をして全員に知らせるシステムが働くのです。そして同時にその大型スクリーンに相手の姿が映し出されるようになっています」

「そういえば、スクリーンの映像が瞬間的に変化したとき、映し出されていたものは、何か宇宙船のような変わった格好をしていましたが、その後、一瞬僕が瞬《まばた》きをしたときに、チカッと光が見え、すぐに映像は元に戻りましたね。もしかしたら、そのチカッと光った一瞬に何かあったんですか」

「タカシ君、よく観察していましたね。貴方の予想通り、実は相手の宇宙船からこちらの宇宙母船に対して攻撃を仕掛けてきたのです。

そこで我々の宇宙母船の防衛システムが瞬時に働き出し、攻撃してくる方のいかなる力をもってしても破壊することの出来ない、つまり生命《いのち》の意志の源より与えられた完全なるシールドがこの宇宙母船全体になされました。

また相手の宇宙船が攻撃した力の倍の力となって跳ね返るようなシステムが働くよう

になっていますので、相手の宇宙船は自分達が仕掛けた攻撃によって、滅んでいかれました。

実は以前より、同じ相手の宇宙船から数度にわたり執拗《しつよう》な攻撃を受け続けてきたものですから、今回はたいへん残念ながらそうせざるを得なかったのです」

「それって、凄《すご》くないですか！」

好奇心旺盛な美和さんは叫びました。

スターニャ様の説明は淡々としていましたが、よく考えると、実際に自分達の宇宙船が狙われて攻撃されたけれど、防衛システムが完璧だから助かったということで、まさに今自分達はスターウォーズの世界にあったんだと、あらためて知ったのでした。

「まさかこんなことは滅多にないことだったんでしょ」

タカシ君もスターニャ様の説明を受けて、自分達が偶然にもスゴイ場面に遭遇してしまった事実を初めて知り、もうびっくりしてしまい、興奮しながら言いました。

「ところが、時々こういうことが発生しているんですよ」

「エェーッ、本当ですか？」

とタカシ君も叫んでしまいました。

「はい、そうなんです。しかし皆様、心配には及びませんので、ご安心ください。以前ご説明を受けたかもしれませんが、この宇宙母船の操縦士の彼らは、『宇宙の法則の利用法』を使えるまでの精神的レベルにある方達でして、常に生命《いのち》の意志を感じ取りながら、完全なる愛と調和のエネルギーを宇宙全体に送り続けている者達なのです。

ですからもし仮に、はるか彼方にいるどなたかが、こちらの宇宙母船を攻撃しようと思ったと同時に一秒の差もなく、生命《いのち》の意志の源を通して、相手の心を知ることが出来、瞬時に先ほどのような防衛システムが働き始めるのです。

ですから、宇宙のどちらに行かれましても、この宇宙母船に乗っている限り大丈夫ということになります」

「あ〜、良かった。じゃ、僕達、いまのところは安心出来るんだ」

タカシ君はせっかく宇宙旅行に連れてきてもらったのに、無事に地球に帰れないなんてことになったらどうしようと、少し不安になったのですが、いろいろな説明をしてもらい、ようやく安心することが出来ました。

しかし、これだけの宇宙技術があったら、地球の戦争や自然破壊も一瞬にして止めることが出来るだろうになぁと心の中でトモキオは思ったのでした。

そこで大胆にも、その考えを伝えてみることにしました。

「フィウリー総司令官にちょっとお尋ねしたいのですが、よろしいでしょうか。

私達の地球では戦争が絶えず起こり、また自然破壊も進んでいます。一時も早くこれらを解決するために、宇宙連合から直接介入していただくのが早いように思えるんですが。いかがでしょうか」

「はい、まったく率直なご意見だと思います。

確かに貴方達もご覧になられましたように、この高度な宇宙の科学技術をもって臨めば、実際に地球にもかなり影響を与えることが出来るかもしれません。

しかし私共宇宙連合といたしましては、まずは**地球の皆様一人一人が実際に自分達が行った姿を認め、その原因が自分達にあるということを知っていただきたいと考えております。**なぜなら、人は経験を通してたくさんのことを学び、その積み重ねがその方自身の意識の向上につながる訳ですから。今こそ、自分達の冒《おか》した事実に気がつき、そして認めることが出来た方から自分に出来ることをやっていただければ、その働きかけが必ず地球を救う方向に向かわせられるということです。

自分が蒔いた種は、必ず自分が摘み取ることになる訳ですから、それをどのような姿で摘み取ることが出来るかは、一人一人の意識にかかっているということです。

今までも『宇宙連合からのメッセージ』を通して何度となくお伝えしてまいりましたが、その内容をどれだけの方達が真剣に受けとめていただけたのかと考えております。

皆様の意識の変化によっては、あるいは地球も変化できるかもしれないという思いは実際のところわずかながらございます。また地球自身もこの広い宇宙の中で、自立された大切な星であると考えておりますので、私共としましては、今のところは、一人一人の**意識**に直接的あるいは間接的な働き掛けを行っている訳です。

貴方が地球を思うお気持ちはよく伝わっておりますが、**自分のできることをより積極的に行っていくことであると思います**」

フィウリー総司令官はそのようにお話になられました。

「はい、おっしゃる意味は自分にはよく分かっているつもりですが、あまりにも多くの方達が鈍感で、自分達が今まさに地球を破壊に向かわせている張本人だということがどうしてわからないのかと、とても悔しい思いをしています。その張本人達に直接に気がついていただく方法はないものでしょうか」

普段冷静なトモキオにしては珍しく尚も質問を続けるのでした。

「それは残念ながらございません。彼ら自身が自分の行った争いの結果、どのようなことに気がつくのかというときまでは、いかなる手段をもっても自らが気がつくことはできません。つまり、**人から何かを押しつけられても、その人自身が望んだものでない以上受け入れられないし、また納得出来ないということです**」

『人は何のために現されたのか』を考える時

トモキオは総司令官のお言葉にそうだなぁと思いながらも、歯がゆい気持ちは納まりませんでしたが、その時、あることを思い出し、再び尋ねました。

「以前伺ったことですが、地球のアトランティス・ムー両大陸が沈むとき、多くの方達が大陸と共に滅んでいかれたそうですが、しかし一部の良心に素直な方達は宇宙連合の宇宙船に引き上げられ、永い時を経て、再び地球に人類が住むことが出来る状態になったときに、また宇宙船から地球上に降ろされたそうです。

では、その両大陸が沈むような状況になる以前には、宇宙連合の介入はどうだったんですか。今と同じようになさったんでしょうか」

「はい、とても的《まと》を射た質問だと思います。

確かに現在の地球の状況とはある意味で比較は出来ないかもしれませんが、その当時も実際に宇宙連合の役割を担《にな》っていただいている方達を通して、『宇宙連合からのメッセージ』を何度となくお伝えしました。

しかし残念ながら、その甲斐もなく両大陸は沈みましたが、一部の方達は自分の内からの良心の促しに素直に、なんとかしようと実際の行動がとれた方々は宇宙船に救われました。

そして今回カフィリア星の状況をご覧になってお分かりいただけましたように、その後、地球自身の回復力を高めるために、高度な宇宙の科学技術を駆使したという事実を

お伝えしたいと思います。

結局のところ、『人は何のために現されたのか』というテーマを考えていただき、それを学ぶために、地球も自然界も、そして自分以外のすべての人達が用意されていると言えます。

ですから、現在の地球や自然界の姿、人々の姿を通して何に気がつくことが出来るのかを、ぜひどの人にも考えていただきたいと心から願っております」

総司令官のお話にトモキオもようやく納得ができました。

そして我々の宇宙連合の役割がどれだけ大切なものであるのかということに、あらためて気がつき、意を強くすることができました。

そしてこの操縦室で働いている方達が自分達の役割を一生懸命果たしている真摯《しんし》な姿にあらためて感動したのでした。


四人がさまざまな思いで総司令官のお話を伺っているときでした。再びあの大型スクリーンのランプが点滅を始めました。一瞬全員に緊張が走りました。

先ほどは赤色の点滅だったのに、今度は黄色の点滅を始めたのでした。

そして大型画面には、今度は左右に二機の宇宙船らしきものが、かなりの激しさで戦闘を開始したようです。両方共シールドの力が弱いようで、かなりのダメージをお互いが受け始め、このまま続けると両方共消滅してしまうと危ぶまれたときでした。左側のいびつなギザギザの姿の宇宙船がタッチの差でいち早く逃げ去った模様です。

再び画面にはいつもの宇宙空間が映し出され、私達は全員ホッとしました。

操縦室ではなかなかノンビリとしていられないなぁと思いました。

頃合を見て、スターニャ様がお声をかけられました。

「私が今回皆様に見ていただきたかった大切なものとは、この**宇宙の現実の姿です。**

それは地球で起きている戦争は、この宇宙でも起こっているということです。

地球人の中には、一日も早く宇宙船に引き上げてもらいたいと願っていらっしゃる方も多いように思われます。

しかし、今目の前に起きている現実からたとえ逃避したいと願っても、宇宙のどちらに行かれましても、決してその現実から逃げだすことは出来ないのだという事実を、今一度知っていただきたいのです。そのために宇宙戦争のいったんを見ていただいたのです」

私達はただ面白半分で先ほどの宇宙戦争の一部を見ていたことに、恥ずかしさを感じたのでした。どうしても宇宙旅行という特別な出来事に、ただウキウキと浮かれている自分達があると思いました。

実際に体験した私達でさえ、宇宙戦争の姿が地球の戦争の姿であるとはなかなか思えなかったくらいですから、実際に体験していない人達が、ただ宇宙への憧れだけを持ってしまっても仕方がないと思いました。

「では、そろそろ私達も上のフロアに戻りましょう」

スターニャ様がそのようにおっしゃったので、私達は座り心地のよい椅子との別れを惜しみながら、再びあのエレベーターに乗ってダンス会場へと向かいました。

宇宙のベッドはまるでジェットコースター

あれからどれだけ時間が過ぎたのか、ちょうど最終審査が終わり、いよいよ結果発表のようでした。

「グッドタイミングね」

と美和さんははしゃぎながら、もうすっかり結果発表に夢中になってしまったのでした。

これくらいおおらかなほうが救われるのかなとトモキオは苦笑しました。

その時でした。あの真赤なタキシード姿のハンサムな司会者がフロアの中央に立ち、マイクを握り締めながら会場全体をながめるようなポーズをとりました。

そしてもったいぶったように、ゴホンと咳払いしました。

「えー、では結果発表をいたします。まず、第三位は黒豹《くろひょう》チームで～す。

そして第二位は白鳥こうもりチームで～す」

会場は大歓声で今まで以上の盛り上がりを見せました。そしていよいよどのチームが優勝かと会場全体が期待でいっぱいになった頃合いを見計らったかのように、司会者はゴホンともう一度咳払いをしました。

「えー、では今年の優勝チームは、次の方達で～す。

ゴールデンカップルチームで～す。皆様拍手をお願いしま～す。

そしてただ今より恒例のオナーダンスをお願いしま～す」

そして間もなく観客全員が見守るなか、その優勝チームのダンスが披露され始めました。

「やっぱりトモキオさんが上手だと言っていたチームだったわね。さすがに私達が見ても違いが分かるわ～。大したものね～」

美和さんはそのダンスの素晴らしさもさることながら、この広い会場を独り占めして、観客全員の羨望《せんぼう》の眼差しの中を悠々《ゆうゆう》とダンス出来ることが、本当に羨《うらや》ましいと思いました。そして居ても立ってもいられない気持ちで、やきもきしてしまいました。

その様子をご覧になっていらしたスターニャ様がフィウリー総司令官にチラッと目配せをしてから、おっしゃいました。

「美和さん、そんなにダンスがしたいのなら、今回だけ特別に四人でこのフロアに出て、思いっきり踊ってもよろしいですよ」

「えっ、ウソ〜ッ、本当ですか？　ヤッター！」

そう言うか言わないかのうちに、美和さんはタカシ君の手を引っ張ってフロアに飛び出していきました。

せい子も負けじとトモキオの手を取りフロアに出て、生まれて初めての体験をしました。

四人はたとえ透明人間であっても、今は観客全員から自分達は見られているという誇らしい気持ちで、最高の気分で踊ることが出来たのでした。

しかし肉体がないということは、こういう時はたいへん重宝だし、いくら長時間ダンスをしても一切疲れることもないしと、今は本当に透明人間でよかったとつくづく思ったのでした。

四人は夢中で踊っていたので分からなかったのですが、ハッと気がつくと、もう既に優勝チームのオナーダンスは終わっていました。

美和さんは、本当に思いがけないプレゼントをいただき、スターニャ様がとってもいい人に思えました。

「では、今日のお楽しみはここまでということで、早速我々の宇宙船に戻ることにしましょう」

スターニャ様が言われ、その後をゾロゾロと続きました。そしてあのゲートのドアのところまでやってきました。

今まで静かにしていたクリアード君が早速タカシ君に話しかけました。

「どう、ダンスは楽しかった？　僕も宇宙母船の操縦室に入れてもらって、今日は特別な日になったよ。それに君とこんなに親しく話が出来て、本当にうれしかった」

と言うなり「エンエン」と泣き出してしまいました。

タカシ君もその素直な姿にもらい泣きをしてしまったのでした。

全員がゲートに入ってこのまま宇宙船に戻るものと思っていたところ、

「実はここでスターニャ様とクリアードさんとはお別れになります」

と総司令官がおっしゃったので、四人は突然の言葉にびっくりしました。

そこでスターニャ様が私達におっしゃいました。

「あなた達と過ごした一日を楽しい思い出として、これからも決して忘れることはありません。クリアード君にも貴重な体験をさせてもらえてうれしく思います。皆様が地球に帰られてからも、この宇宙母船で体験したことを忘れないでください。どうぞ、お元気で…」

クリアード君は涙をふきながら「さようなら」とやっと一言、言うのでした。

このような別れを何度となく経験しても、いつも心に悲しさが込み上げてきてしまい、私達の頬に涙が自然と流れたのです。

「また会えますよ」

と優しくフィウリー総司令官はおっしゃいました。

そしてスターニャ様とクリアード君がゲートに入る姿を四人は手を降りながら見送ったのでした。ドアが閉まりそうになったその瞬間「さよ～なら～」と微《かす》かにクリアード君の声が聞こえたような気がして、私達も、

「さよ～なら～！」

と思いっきり叫んだのでした。

私達は力が抜けてしまったように、へなへなっと座り込んでしまいそうになったのですが、次の総司令官の一言でシャキッと目が冴えてしまいました。

「今晩は宇宙船の外の宇宙空間で直《じか》に一晩休むことにしましょうか」

「エェッ！　ウソッ！　本当！　ヤダー！　信じられない！　ンモ～！」

美和さんは頭に思い浮かべることの出来る言葉全部を羅列《られつ》しました。

「僕達、操縦室の大型画面に映っていたあの宇宙空間に出るということだと、いつ敵から撃ち落とされるかもしれないし、たくさんの隕石《いんせき》にぶつからないとも限らないし、それってとても危険じゃないんですか？」

タカシ君は宇宙の現実の姿を見たばっかりだったので、本当に心配になってしまいました。

「そんなに遠くでなくて、小判鮫のように宇宙船の壁にピタッとくっついて寝るというのはどうかしら。そうでないと、寝ている間に四人がこの広い宇宙空間にばらばらに放り出されてしまうんじゃないの」

いったん宇宙空間に放り出されたら、たとえ総司令官の力でも、私達は無事に地球に戻れなくなってしまうのではと、せい子は心配したのです。

「みんな、総司令官を信じて、おっしゃるように宇宙体験をさせてもらおうよ」

トモキオはいたって冷静に言いました。そして総司令官が次になんと言い出すのだろうと、四人は固唾《かたず》を呑《の》んで見守りました。

「さあ、皆様のいろいろなご意見が出揃ったところで、どのようにしましょうか」

総司令官も少し考えるようなポーズをとりました。


その時、美和さんがやはりまだ諦《あきら》め切れずに食い下がりました。

「あの〜、もし許されるのなら、やっぱりフワフワした不安定な所ではなくて、しっかりと地に足をつけて寝ないと熟睡できないと思いますので、そういう場所にしてもらえませんか。お願いしま〜す」

透明人間であるのにもかかわらず、やはり眠る場所に拘《こだ》わりながら、そして両手を合わせてお願いのポーズをとり、訴えるような眼差しでジッと総司令官を見上げたのでした。

その仕種にはさすがの総司令官もちょっと弱った様子で、ウーンと深いため息をつきました。そしてゆっくりと決断されました。

「せっかくの貴重な宇宙体験をと思いましたが、そこまで皆様が心配されているようでしたら、不安で一睡も出来ないということでは、明日に響くでしょうから、では予定を変更しまして、この宇宙母船の最上階にある特別室を用意いたしましょう」

その一言にトモキオ以外の三人はホッとして、思わずパチパチパチパチと手を叩きました。

しかしトモキオだけは、この希《まれ》に見る宇宙体験を逃《のが》したことが、とても残念でたまりませんでした。

「では」と総司令官はニッコリとされて、いつものように右手を前に出し、パチンと指をならしました。私達の身体が徐々に足下から消えていきました。

そして気がつくと、今度は円形状の大広間の入り口に立っていました。

部屋の中央には、いかにも宇宙の最先端を感じさせるような五本の円形状の筒のようなものが、天井まで伸びていました。宇宙母船の最上階ということで、ぐるっと壁面には一枚ガラスが張り巡らされていたので、私達は早速その窓の側まで行ってみることにしました。キラキラ光輝く宇宙の景色は、まぎれもなく自分達が今この瞬間、宇宙の真っ只中に存在しているんだということを実感させてくれました。

「では早速ですが、この部屋の説明をいたしましょう。

まず皆様の寝室は中央にありますこの筒状の部屋になります。それぞれ一人ずつ中に入っていただきますと、ベッドが一つありますが、そのベッドの脇にリモコンがセットされています。そのリモコンを手にしていただきますと、スイッチが四つあり、〔上〕〔下〕〔停止〕そして一番下に〔縦〕の方向にベッドを自動でコントロール出来るようになっています。

もちろん寝室を出て、この部屋で宇宙の光景をゆっくりご覧になっていただいても、どちらでも結構でございますので、自由にお過ごしください。

きっと記念すべき一夜になることと思いますので、皆様楽しんでください。

ではまた明朝、お迎えに上がります。お休みなさい」

そのようにフィウリー総司令官は簡単に説明をされてから、サッと目の前から消えていきました。

好奇心旺盛な美和さんと詮索《せんさく》好きなタカシ君は、居ても立ってもいられなくなり、

「寝室がどんな感じか見てくるね」

と言いながら二人は早速行動に移しました。

美和さんは手前の右側の部屋へ、タカシ君はその向こう隣りの部屋へそれぞれが向かいました。

ドアの前に立ち、スイッチを探そうとした途端に、スーッと扉が自動で左右に開きました。美和さんは恐る恐る一歩中に入るなり、

「あっ!」

と声を上げてしまいました。部屋全体がまるでプラネタリウムのようで、自分が宇宙空間に一歩足を踏み出したような気持ちになりました。

「これじゃ、宇宙遊泳状態で眠るのと同じだわ」

と一瞬不安と不満が湧き上がりました。もちろん床も透明状態のなかで、幸いにも一つだけ救われたことは、ベッドだけは透明でなくて薄いグレー色をしているということでした。

思い切ってベッドに飛び乗ると、フンワリとしていてなかなかの心地よさに、少しホッとして落ち着くことが出来ました。よく見ると、ちゃんとシルクのブランケットのようなものも用意されてありました。

それから、

「あっ、そうだ!」

とリモコンのことを思い出し、ベッドの脇のリモコンを取り出し、いきなりスイッチ

を押したその瞬間に、ヒューとベッドは二〇メートルくらい一気に上昇したのです。美和さんは滑り落ちないようにと、慌ててベッドの柵を握り締めながら、フッとため息をつきました。

「これがそういうことだったんだなぁ」

と総司令官の説明の意味が分かり、しばらくしてから、今度は〔下〕の表示のスイッチを押しました。そうすると、ベッドは再び一気に降下して元の位置に戻りました。

一方、タカシ君も扉が開いて、部屋の中の状態を見た途端、想像を絶する景色に、部屋に足を踏み入れるべきかどうかと、扉の前でさんざん悩んだ末、ついに渾身《こんしん》の勇気を振り絞ってその一歩を踏み出す決心をしました。

そして恐る恐る二歩三歩と慎重に足を進めながら、ドキドキする気持ちを押さえながら、ようやくベッドの所までたどり着くことが出来、一安心しました。

それからおもむろにベッドに飛び乗ると、なんとも柔らかいシルクのようなフンワリとした肌ざわりに、ホッと救われるような思いがしました。

「周りの景色はなんであれ、この気持ち良ささえあれば、僕は満足だ」

と単純に思ったのです。

しばらくその気持ち良さに浸っていると、「あっ、そうだった」とリモコンのことを思い出し、早速試してみることにしました。

実はタカシ君がリモコンを持ったとき、慌てたせいでそのリモコンを逆方向に持ってしまったことも気がつかず、いきなり一番上のスイッチを押してしまったのです。

その瞬間、

「ギャッー!!　助けてくれー!!」

とタカシ君はなりふりかまわず絶叫したのです。

今我身《わがみ》に何がおきたのかと、自分の置かれている状況を一時も早く把握《はあく》しようとしましたが、あまりに突然の変化に頭の理解の範囲を超えてしまって、パニック状態になってしまったのです。

それもそのはず。タカシ君のベッドは突然九〇度回転してベッドごと縦になってしまい、タカシ君自身も宇宙空間に縦方向で浮いているような状態なんですから…。彼の姿を想像していただくと、彼の恐怖と興奮状態をより分かっていただけるかもしれません。

そしてタカシ君は慌てながらも、やっとの思いでベッドの柵を握り締めることが出来て、少～しだけ落ち着くことが出来ました。

それから残りの片手で胸を何度もさすりながら、少しでも心臓の鼓動の高鳴りを押さえようと必死になりながら、何度も何度も深呼吸をしました。

まさか宇宙に来てまで、こんな体験をするとは夢にも思っていなかったので、その時ばかりは、

「なんでこうなっちゃうんだよー」

とぼやきが出てしまったのです。

それでも彼なりに必死になったお陰で、ようやく冷静さが戻ってきて、リモコンを何とか見つけ出すことが出来たので、片方の手はベッドの柵から離さないようにしっかりと掴《つか》み、もう一方の手で何とかリモコンを手にすることが出来ました。

そして今度こそはしっかりとよく見て〔停止〕を押しました。

再びベットは二七〇度前回転をしながら、元の水平な状態に戻りました。

タカシ君はもうフラフラ状態で、目もチカチカさせながら、這《は》うようにしてやっとの思いで、寝室を出ることが出来ました。

美和さんはもう既に寝室を出て、ベッドのことや寝室の状況をせい子とトモキオに詳しく説明し終えた、その時でした。向こうの寝室から這うようにしてタカシ君が出てきたのでした。

「どうしたの？　大丈夫？」

三人は慌ててタカシ君に駆《か》け寄り、何が起きたのかということを聞き出そうとしました。

なにしろタカシ君ときては、慌てると話が支離滅裂《しりめつれつ》になり、今も訳の分からない言葉を羅列《られつ》するばかりでした。

ようやく三人が大体の内容を知ることが出来、タカシ君らしいと思わず笑ってしまったのです。

しばらくして、窓際近くのソファーにタカシ君を引っ張っていくと、

「僕、今晩はここに寝ようかなぁ」

とぽつりと言うのでした。その一言に三人は、

「じゃ、そうしたら」

と言うしかないのでした。

タカシ君にとっては、総司令官がおっしゃった通り、まさに『記念すべき一夜』になったのです。

それにしても窓の外は、星降る夜空のごとく、宝石を夜空一面にちりばめたかのよう

に光り輝き、今回体験した宇宙戦争が現実にこの宇宙で起こっているとは、とても思えないほどの静寂さに、不思議な感覚を受けるのでした。

いにしえの人達も今の私達と同じようにこの夜空を見上げ、どんなふうに思ったんだろうと、ロマンチックな思いにふけっていました。

ずいぶん長い間ぼんやり夜空を見上げて時間の過ぎるのも忘れてしまいそうになったとき、美和さんが、

「私、もう眠くなっちゃったわ。そろそろ失礼して寝ま～す」

と言いながら、あの寝室へさっさと行ってしまいました。

「それじゃ、私もそろそろ失礼します。タカシ君、本当に一人で大丈夫？」

せい子も少し心配でしたが、まっ、あちらよりはいいかなぁと思い、本人の希望どおりにしてあげたのです。

「タカシ君、よかったらここで僕も一晩一緒に付き合おうか」

とトモキオが優しい言葉をかけたのでした。さすがに二人の女性とは違い、心から心配してくれているその気持ちに、タカシ君は思わず涙ぐんでしまいました。

人は不安なときや心細いときには、他の人の優しさがこんなにも身に染みるんものなんだと、タカシ君はつくづく思いました。

自分には向かないけれど、他の人達にはきっと貴重な体験なんだろうなぁと素直に思えたので、タカシ君は言いました。

「あっ、はい。僕はなんとか大丈夫です。トモキオさんもせっかくですから、あの宇宙遊泳睡眠を体験されるといいかもしれませんよ」

先に行った美和さんとせい子は口では眠いとかいいながら、寝室に入った途端キャーキャー言いながら、すぐにリモコン操作を始め、ベッドを上下させたり、回転させたりしながら、まるでベッド型のジェット・コースターにでも乗ったような気分で、飽きるまで楽しんだ後、最後は宇宙遊泳睡眠で静かに眠りました。

トモキオはと言えば、このシステムはどうなっているのだろうと、自分の頭でいろいろと考えながら、こういうものを地球でつくったら、きっとみんなが宇宙遊泳の擬似体験が出来て楽しいのになぁと思っていました。

いろいろなことがあった一日でしたが、結局全員がすっかり熟睡出来たのでした。

過去にも未来にも自由自在にタイムスリップ

翌朝、フィウリー総司令官がお迎えにいらっしゃる頃には、全員がスッキリと目覚めることが出来ました。

「皆様、昨晩はいかがでしたか」

と微笑みながら一人一人の顔をのぞき込みながら、お声をかけられました。

「とっても楽しかったで～す」

と美和さんが一番に元気よく答えました。

「私もとってもいい思い出が出来ました」

とせい子もうれしそうに答えました。

「僕はまさに記念すべき一夜でした」

とタカシ君が答えると、せい子と美和さんはクスッと噴き出しそうになりました。

「私はあのシステムが地球でも出来ないかなと思いました」

トモキオは素直に答えました。


総司令官は四人の様子を笑顔でご覧になりながら、今日の予定を伝えられました。

「今日で皆様の宇宙旅行も最終日となります。あっという間の短い時間でしたが、楽しんでいただけましたでしょうか。

本日はこれより素晴らしい星へご招待したいと思います。

では、再び全員で手をつなぎましょう。そして私が『はい』と言ったら、『ワン・ツー・スリー』と全員で声を出してください。よろしいですか」

期待で胸を膨らませながら、早速全員が円陣を組み、総司令官の「はい」の後に、

「ワン・ツー・スリー!」

と一斉に大きな声をあげました。

気がつくと一瞬にして、私達は美しい浜辺の木陰に降り立っていました。

キラキラ輝く浜辺の向こうで七、八歳の子供が二人で楽しそうに遊んでいるのが見えました。

子供の姿というものは、どこの国の子供も天真爛漫《てんしんらんまん》で、見ているこちらの方の心が洗われる思いがするものです。

自分達にもあんな子供時代があったんだろうなと思いながらも、毎日の生活に追われて、じっくりといろいろなことを振り返り考えることもなかったなぁと、しみじみと思うのでした。

その時、突然ザブーンという大きな音がして一瞬何が起きたのかわからないほどでした。

「キャー!」

という子供の叫び声がして、小さな子供が波に引かれて四、五メートル流されたようです。その時でした。もう一人の子供が果敢《かかん》にも海に飛び込み、一生懸命助けようとしています。

私達がハラハラしていると、

「大丈夫ですよ」

とフィウリー総司令官が優しくおっしゃったので、少し安心して、それでも心配して近くまで見にいきました。

そうしたら、ようやくその子供を助けることが出来て、「よかったね」と声を掛け合いながら二人で浜に上がってくる姿が見えました。

「せい子ちゃん大丈夫だった」

「美和ちゃんありがとう」

と二人はどこかで聞いたような名前を呼びあいながら、無邪気に向こうのほうへ走って行ってしまいました。

「えっ！　今、せい子ちゃん、美和ちゃんと呼び合っていたよね。聞こえたでしょ？」

「うん確かに聞こえた」

せい子と美和さんは、何が何だか分からなくなってしまいました。

しばらくして、せい子が大きな声を上げました。

「あっ！　思い出した。あの時、私が溺れかかったとき、美和ちゃんはまだそんなに泳げなかったのに、一生懸命助けてくれたよね」

「あっ！　私も思い出した。せい子ちゃんを助けることが出来て、あれから泳げるようになったんだったわ」

「ということは、私達は今、地球の過去にいるってことなのかしら？」

一瞬、私達は思いもよらない時代に来ていることに驚いてしまいました。

「それにしても私達は可愛いかったわね。美和ちゃんはとっても勇気があったんだよね。それに私の生命《いのち》の恩人だったのに、今まで忘れていてごめんね」

せい子はあらためて美和さんに助けられたことを思い出したのです。

「ううん。私だって今思い出したけど、車に引かれそうになったとき、せい子ちゃんが咄嗟《とっさ》に飛び出して助けてくれたことがあったよね」

美和さんもあらためてせい子に助けられたことを思い出したのでした。

「私達ってこんなに昔から友達だったのに、今まで助けられたことさえもお互いに忘れていたなんて、これじゃ人のこと言えないよね」

「ほんとだ。あの人は薄情だとか、かわいくないとか、いつも相手の人を非難ばっかりしてきた自分が情けないわ」

せい子と美和さんは昔の純粋な姿に思いがけなく触れることが出来、心素直な状態になれたのでした。

その時、タカシ君が両手で顔をおさえて考え込むポーズをとり始めました。

「ちょっと待ってくださいよ。ということはなんですか。ここは地球で、僕達は過去にタイムスリップしているということになるんですよね。ウーン」

一人まだ現実を把握できないタカシ君は、もう少しでまたパニック状態になりかけてしまいました。

「タカシさん。もしあなたのご希望がございましたら、その時代までまいりましょうか」

と総司令官にお声をかけられ、尚もまだ自分の理解の範囲を超えてしまっている目の前の現実に囚われているようでした。

「タカシ君。君と僕が最初に知り合った二〇年前の学生時代に戻ってみたら面白いんじゃないかなぁ。そうすれば、きっと納得できると思うよ」

「ウ～ン。じゃ、そうしていただきましょうか。総司令官お願いします」

タカシ君はまだ半信半疑でしたが、トモキオに言われてその気になりました。

「では、皆様よろしいでしょうか」

と言われたので、「円陣を組まなくてもいいのかな?」と四人が思ったとき、総司令官はいつものように今度は左手を前に出して、パチンと指をならしました。そうすると、スーッと私達の足下から消えていきました。

そして気がついてみると、私達は学校の教室の外にいました。

その時でした。一人の男子生徒が前の扉を開けて教室に入っていきました。

「今日からこの学校に転校してきたタカシです。よろしくお願いします」

そのように彼が緊張して挨拶をすると、ヒューヒューと口笛をならす生徒達がいました。彼は成績は優秀だったのですが、身体つきが華奢《きゃしゃ》で弱々しく見えるので、前の学校でもイジメられていたようです。


「タカシ君は一番後ろのトモキオ君の隣りに座りなさい」

そのように先生に言われたので、背中を丸めてコソコソと歩き出したのでした。

その歩く姿を見てまた生徒達が、ヒューヒューと口笛を吹きました。

そしてちょうど席まで来て座ろうとしたとき、隣りのトモキオ君が立ち上がり、みんなに向かって言いました。

「よく聞いてくれ。このタカシ君は僕の友達だから、もし彼をイジメるようなことがあったら、僕が相手になるからそう思ってくれ」

突然の言葉にクラスの生徒達も一斉に静かになり、また当のタカシ君もまだ一言も話していないうちから、そんなふうにして自分をかばってくれたトモキオ君の思いやりに、涙が出るほど嬉しかったのでした。そして、

「どうも、済みませ～ん」

と頭をかきながら、初めての会話を交わしたのでした。

教室の廊下の窓が開いていたので、窓の外からその様子を見ていたタカシ君が話し始めました。


「あっ、はい。そうでした。その通りです。自分は父親の転勤のため転校して来たのですが、前の学校でもイジメられていましたから、また今度もそうだったらどうしようと、内心ドキドキしながら不安でした。ところが、初日にトモキオさんの思いがけない助けがあって、僕は結局二年間イジメられずに無事に卒業出来たのでした。

あれから、ずいぶん経つけれど、あんなにご恩がありながら、すっかりあの日のことを忘れてしまい、我ながらお恥ずかしいです」

「タカシ君、懐かしいね。あの頃はお互いに純粋だったし、夢や希望もあったよね。それに比べて、今はしっかり世間に染まっている自分が情けないよ」

トモキオも昔を思いだし、今の自分は顔だけじゃなくて、心まで老けちゃったんだろうかと悲しくなるのでした。


「タカシ君、やっと納得できた。今自分がいる場所がどこだか分かったでしょ?」

美和さんがタカシ君に声をかけました。

「美和ちゃん、よ~く分かりました。一生に一度の貴重な体験をさせていただけました。総司令官、ありがとうございました」

タカシ君は珍しく素直になったなぁと思ったのも束《つか》の間、また新たな疑問が湧いてきてしまい、いつもの考えるポーズをしたのでした。

「ウ~ン、ということはなんですか。タイムスリップをして過去に来ているということは、反対に未来にも行けるということになりますよね?」

「そりゃそうよね。タカシ君、頭がいいわね。でも本当に未来に行けるの?」

「もちろん行けるよ。行けるに決まってるじゃないか。だって、『宇宙には過去・現在・未来がたたみこまれている』とおっしゃっていたじゃないか」

記憶力のいいタカシ君はかつて伺った話を、得意気に披露するのでした。

「私はどの年代がいいかな?」

と美和さんはもうすっかり自分の行きたい年代にタイムスリップさせてもらえるものと、勝手に早合点して言い出しました。

「私は三年後にはどんなふうになっているんだろう。興味あるわ」

せい子は自分のやりたいことがあったので、その夢が叶うといいなぁと思ったのです。

「僕はいつ結婚できるんでしょうか」

結婚願望のタカシ君は、そのことだけがたった一つの気がかりでした。


「僕はもっとずっと先の時代に、例えば五〇年後とかに、どこで何をやっているんだろうかということは気になりますね」

トモキオは、『もしかしたら、宇宙船の中で生活しているかもしれないなぁ』とも思いました。

四人は未来の自分達の姿を想像させながら、それぞれが自分の夢が叶って、楽しい未来であることを期待しました。

「さぁ、どの人の希望を叶えて差し上げましょうか」

四人の様子をご覧になっていらした総司令官は、優しくおっしゃりながらも、少し考えられたようです。

そのお話が終わるか終わらないかうちに、素早く一番に言い出したのはやはり美和さんでした。

「総司令官、一生のお願いですから私の願いを叶えてください。私、結婚はどっちでもいいんですが、将来子供を生むことは出来るでしょうか。それを知りたいし、ぜひこの目で確かめたいんです」

美和さんは両手を合わせて、いつものお願いのポーズをしました。

「一人だけズルイよ！」

せい子とタカシ君は声を合わせて抗議しました。

間もなくして、総司令官がつぎのようにおっしゃいました。

「じゃ、こうしましょう。一人だけの希望を叶えるとなると、やはり不公平になりますから、特別に今回は四人全員の希望を叶えて差し上げましょう。ただし、短い時間ということでよろしいでしょうか。そして万が一、その未来の姿がご自分の希望通りでなかったとしても、こちらは責任は負えませんので。よろしいでしょうか」

「は〜い」

と四人は元気よく返事をしました。

「では早速未来にまいりましょう。四人が同時に、それぞれの希望された未来へ一人一人がまいりましょう」

「あっ、総司令官、待ってください!」

その時、慌てて美和さんが言いました。

「それって、自分の未来へ一人で行って、一人で見てくるということですか?」

「おっしゃる通りです。あくまでも個人のプライバシーですから、それも未来の姿となりますと、皆様にもさまざまな思いもおありだと思われますので」

「あ、はい。確かに、自分の未来は自分のものだし、やっぱり内容によってはヒミツにしておきたいこともあるかもしれませんよね。分かりました」

四人はもうドキドキしてしまい、一刻も早く未来に行きた〜いとあせる気持でいっぱいになりながら、短い時間だと言われたので、一秒たりとも無駄に出来ないと思いました。

「心の準備はよろしいでしょうか。では、皆様目を閉じていただいて、私が『ワン・

ツー・スリー』と言いました後に、『ハイ』と手を叩きましたら、目を開けてください。そして、その場所から動かないで、ご覧いただきますように。さぁ、今度こそ、皆様の未来にまいりましょう。では、目を閉じてください。ワン…ツー…スリー……ハイ！」

目を開けた次の瞬間ほど、自分達の人生でそれほどまでに興奮したことはありませんでした。昨日《きのう》までの宇宙体験が霞んでしまうほど、それぞれの目の前に繰り広げられている見知らぬ世界に釘付けになってしまったのでした。

美和さんは、双子用のベビーカーにかわいい赤ちゃんを乗せ、ウキウキと楽しそうに散歩をしている自分の姿を木陰からソッと覗《のぞ》き見しながら、

「キャッ、双子ちゃんだわ。私に似てとっても可愛い女の子だこと。うれしい～」

と叫んでいました。

せい子は、ある大きなスクリーンの前で、ヘッド・ホーンをつけながら、アニメのアテレコをしている自分の姿を見ました。

「ヤッター！　私の夢は叶ったんだ！」

と感激のあまり涙ぐんでしまいました。

タカシ君は、ある結婚相談所の年配の係員から、

「今回もダメだったんですか。お相手の方はとっても感じのいい人だったのにね。まっ、五〇歳になるまでには、なんとか結婚が決まるように、頑張りましょう」

と励まされている自分の姿を見てしまったのです。

「僕ってやっぱり結婚出来ないのかなぁ〜。それにしても彼の髪が薄くなっているということは、僕は将来髪が無くなるってことか？　俺ヤダヨー！」

と思わず叫んでしまいました。自分のたった一つの願いがまだ叶えられない姿を見たばかりか、髪の毛さえもなくなっている姿を見てしまい、タカシ君は愕然《がくぜん》としたのでした。

トモキオは、草花が咲き乱れる緑の野原に、二〇人くらいの子供達を集めて何かを楽しそうに話しているようでした。そして次に子供達がキャキャキャと嬉しそうに笑いながら、彼も一緒にゲームを始めました。

「あれっ、ここはどこだろう。五〇年後の自分にしては、今よりもかえって若々しく見えるのが不思議だなぁ。動かないでおくように言われていたので、あたりを探索する

こともできないし、まっ、帰ってから総司令官に尋ねてみよう」と思ったのでした。


四人がそれぞれの未来のシーンを見せてもらい、さまざまに思いを巡らしていると、

「では、目を閉じてください」

という声がどこからともなく聞こえてきました。

そこで四人は素直に目を閉じると一瞬、クラっとしたような気がしました。

そして気がついて見ると、なんと今朝、総司令官とお会いした、あの宇宙母船の最上階のお部屋に私達はいたのです。まだ何秒か前に見てきた自分達の未来の姿が頭の中をいっぱいにしていたので、なかなか現実に戻ることが難しく、四人はボーッとした状態で、立っているのがやっとという感じでした。


「皆様、ご苦労様でした。ご自分の未来の姿はどうぞ貴方がたの胸の内に納めておいていただければと思います。ご自分の希望が叶った方も、あるいはそうでなかった方もいらしたかもしれませんので、あくまでもプライバシーとして、他の方の未来の姿には触れないことにいたしましょう」

総司令官はそのようにおっしゃっても、せい子と美和さんはもう言いたくて言いたくて、口に出さないように我慢していられるのも時間の問題でした。

タカシ君は心なしかションボリとしてしまい、トモキオはあのシーンは何十年先の姿であったのか、またあれは地球ではなかったのではないだろうかと、疑問を抱えたままでしたが、あえて今は総司令官に確かめないことにしました。いずれ落ち着いてから、きっと聞いてみようと思いました。

宇宙巡り最後の星で、不思議な昼食会へ招待

「では最終日の今日は、今朝《けさ》のお約束通り、素晴らしい星へ寄ってから地球の現在に戻ることにしましょう。では、その星までいつものように瞬間移動がよろしいでしょうか、それとも宇宙船での移動の方がよろしいでしょうか」

総司令官は私達にどちらがいいのか尋ねられました。

「はーい、絶対に宇宙船のほうがいいで～す」

「わたしも宇宙船のほうがロマンチックだと思いま～す」

「僕も最後だからじっくりとこの宇宙を眺めたいで～す」

「私はみんながいい方でいいです」

四人は総司令官がそうおっしゃる前から、最後にもう一度宇宙船に乗ってみたいと思っていたので、その思いを察してくださったのでした。

「では、これよりその星まで移動するために、まず宇宙船に移動しましょう」

そこで総司令官は再び左手を前にして、指をパチンとならしました。

何度もそのポーズを見てきたので、いつか自分達もそのように出来たらいいなぁと思ったのでした。

「皆様もきっといずれそうなれますよ」

という優しいお声が遠くで聞こえたような気がしました。

ほんの一瞬にして気がつけば、私達はもうすでに宇宙船の中にいました。

その宇宙船は二日前にカフィリア星に視察旅行に出かけたときの小型宇宙船と似たような大きさでした。

しかし操縦席にはたった三名の操縦士の姿しか見えず、美和さんはちょっと不安になりました。

「今回のように、二、三〇人乗りの小型宇宙船の場合は、通常は三名の操縦士によっての飛行になっております。既にご存じのように、彼らはたいへん優秀でいらっしゃいますから、宇宙のどちらに行かれましても、ご心配には及びませんよ」

総司令官はそのように言われてから、私達を隣りの部屋に案内してくださいました。

その部屋には真っ白でフカフカの、見るからに気持ちの良さそうなカーペットが敷かれているだけで、それ以外には何もないこぢんまりとした部屋でした。しかし不思議なことに、一歩足を踏み入れると、とても爽やかでほのぼのとした優しさを感じることが出来るのでした。そして窓の外には、無数の光り輝く星々の姿があり、部屋とのコントラストがなかなか宇宙的だなぁと感じるのでした。

「さぁ、せっかくですから、こちらに座ってみましょう」

と総司令官が直《じか》に座られたので、私達もそれぞれが思い思いの好きな場所に座りました。

カーペットは想像以上にフカフカとしていて、思わずごろ～んと寝転びたいと思ったほどでした。

しばらくして、総司令官がお話になりました。

「実はこれよりご覧いただく星の姿は、いずれの日にか、皆様が住むことになるであろう星の姿であろうということを事前にお伝えしておきたいと思います。楽しい思い出を作ることができるといいですね」

私達はこれから向かう星が、いつか自分達も住むようになると言われて、尚一層興味津々になりました。

「では、間もなくその星に到着いたします。皆様はいったん宇宙船から降りていただきまして、私は宇宙船と共にこちらで待機いたしておりますので、時間がまいりましたら、どうぞ、再びこちらにお帰りくださいますように…」

「えっ、私達だけで行くんですか?」

「美和ちゃん、大丈夫かしら?」

「僕達、宇宙においてきぼりになったらどうしよう?」

「みんな、総司令官がきっと楽しい思い出になると言っていたじゃないか。その言葉を信じるだけだよ」

トモキオの言葉に他の三人もようやく安心しました。

しばらくしてその小型宇宙船はその星に到着したようでした。といっても何の振動もなくスーッと着陸したようで、私達は総司令官の後についていて出口のドアの所まで来ると、サッと瞬間的に扉が開いたのでした。

「いってらっしゃ〜い」との総司令官のお声に見送られながら、私達は勇気を出して、その第一歩を踏み出したのでした。そうは言っても透明人間ですから、どうしても足下がおぼつかない感じは確かにありました。

一〇メートルくらい歩いてから、心配で後ろを振り返ると、ちゃんと総司令官がドアの所に立って、手を振られる姿が見えたので、全員がとりあえずホッとしました。トモキオを先頭に美和さん、せい子、タカシ君の順にそろ～りそろ～りと静かに歩き始めました。

その星は確かに緑がいっぱいで新緑の季節を思わせるような雰囲気がありました。これが地球だったらどんなにかルンルン気分で楽しめるのになぁと思ったのでした。そして更に歩いた所で再び後ろを振り返ると、もう宇宙船は見えませんでした。

「とうとう、こんなに遠くまで来てしまったんだなぁ」

と少し不安になりかけたその時でした。

身体全体がキラキラッと光り輝く一人の妖精が私達の前に現れたのでした。

「こんにちは。私達の星へようこそ。私の名前はミッシェリーニーと言います」

と透き通るような可愛い声で言いいました。

「こんにちは。はじめまして。私達は地球という星から来た者達です。

私の名前は美和です。そしてせい子さん、タカシさん、そしてトモキオさんです。どうぞよろしくお願いします」

美和さんは本物の妖精に会うことが出来て、先ほどまでの不安は一変に吹き飛んでしまい、本当に最高の気分になりました。せい子も自分が最初から希望していた所に思いがけなく来られたので、天にも昇る気分でした。

タカシ君もなんて可愛いいんだろうと、ウットリとしてしまい、自分でも気がつかないうちに、気持ちが舞い上がってしまいました。


「ミッシェリーニーさん、私達は宇宙連合フィウリー総司令官にこちらの星に連れて来ていただいたのですが、ご存じでしたか」

とトモキオは話しかけました。

「はい。フィウリー総司令官はよく知っています。私達の親のような方ですから。実は先ほど、フィウリー総司令官から連絡がありまして、あなた方のエスコートをするようにと、おっしゃっていました」

「そうなんですか。それはありがたいです。よろしくお願いします」

さすがに総司令官は私達のことをこんなにも気遣《きづか》ってくださっていたんだなぁと、全員があらためて感謝するのでした。

「さあ、私の後について来てくださいね」

と言って、私達の目の前でゆっくりと空中に飛び上がったのでした。そして不思議なことに、私達も同じようにゆっくりと飛び上がることが出来たのでした。

ミッシェリーニーさんはスイスイと飛んでいくので、私達も見失わないように懸命に後をついて行きました。

そしてズーッとどこまでも続く美しいお花畑を空中から見下ろしながら、更に飛んでいくと、やがて真赤なバラのようなたくさんの花で包まれた、まさに妖精のお城といっ

た感じの可愛い建物が目に入りました。

「こちらですよ」

と合図をされてから、一直線にお城の中庭に急降下しました。

その中庭では、たくさんの妖精たちが楽しそうに、花を摘んでなにかを作っているようでした。私達の姿を見るなり、駆け寄ってきてくれて、今作りたての花飾りを私達の首に掛けながら、代わる代わるキスをして歓迎してくれました。

突然の出来事に私達は目を白黒させながら、特にタカシ君などは有頂天になってしまい、嬉しくってデレ~となってしまいました。

その様子を見て、妖精たちはクスクスッと子供のように笑い出しました。

ミッシェリーニーさんが、ではこちらへとおっしゃったので、四人は後に続きました。

歩きながらせいい子が何か疑問に思ったようでした。

「ねっ、美和ちゃん。私達キラキラした天使の姿のままでしょ？　ということは間違いなく透明人間だよね。でもさ、さっき首飾りを掛けてもらったじゃない。今もかかっているけど。でも、それって何か変じゃない？」

「せい子ちゃん。あんまり深く考えないほうがいいと思うけど。だって宇宙は何でもありだからね」

美和さんがたいへん説得力のある言葉を伝えたので、せい子もそうだなぁと思い、もう難しく考えないようにしたのでした。

四人は庭に面した廊下を歩きながら、続いてお城の中へと進んでいきました。

間もなく、奥の大広間に案内されました。その広間の中央の大きな楕円形のテーブルの上には、たいへん美しいお皿の数々が六人分セットされており、私達は席に着くように勧められました。

「どうぞ、お掛けくださいませ」

とミッシェリーニーさんは、丁寧に一人一人に椅子を引いて席を勧められたので、私達はまるで来賓客のように扱ってもらい、たいへん恐縮してしまいました。

「せい子ちゃん、これって、今からお食事をするってことだと思う?」

「きっと、そうよ。でも、私達透明人間だから、このままじゃ何にも食べられないんじゃないの」

「バカね。ここは妖精の星なのよ。宇宙は『何でもあり』だから大丈夫よ」

「それにしても、席は六人分でしょ。もう一人誰か来るのかしらね?」

そのようにせい子と美和さんがヒソヒソ話をしていると、トントンとドアをノックする音がしたので、全員がそちらのほうを振り向くと、そこにはミッシェリーニーさんをより大人っぽくしたような、エレガントな雰囲気の美しい妖精の方が立っていました。そして優雅に歩まれながら私達のほうに近づいて来られました。

「初めまして。私はクリュエリーニーと申します。この子達の母でございます。本日はようこそ私共妖精の星にいらっしゃいました。せっかくでございますので、皆様の宇宙旅行を記念しまして、宇宙の食べ物を召し上がっていただきたいと思います」

そのように優しくおっしゃりながら、ミッシェリーニーさんと正面に隣り合わせで席に着きました。

美和さんは今から何が出てくるのかと、もうそれ以外のことは一切頭になくて、ただひたすら『早く食べた〜い』と心の中で叫んでいました。

その声が届いたかのように、クリュエリーニーさんはテーブルの上の指をトントンと軽く叩く仕種をされたかと思った瞬間、私達の目の高さほどもあるフワフワとした綿菓子のような真っ白なツリーの形をしたものが、目の前のお皿の上にむくむくと出てきました。

「アッ!」

と全員が息を飲んだとき、

「さぁ皆様、そのお菓子を手で少し開いて中を見てくださいね」

との声に、私達はその綿菓子のようなものの中に何が入っているのかと、もうワクワクしながらそれぞれが中を覗いてみました。


「キャッ！　かわいい！」

せい子と美和さんは声を揃えて言いました。

水色のお花の形をした背の高いガラスのような器には、レモン色のムースのような上にチェリーとキウイによく似たフルーツが山盛りに盛り付けてありました。

「いただきま～す」

とまたまたせい子と美和さんは声を揃えて言ったと思ったら、スプーンを片手に一気に食べ始めました。

一口食べて、

「きゃ！　おいしい！」

と二人は言った後、他の人のことを考えずに、またなりふりかまわずに食べ続けるのでした。その様子を見ていたタカシ君とトモキオはさすがに一瞬呆気にとられてしまいました。

「どうぞ、そのガラスのような器と外側の綿菓子のような物も、よろしかったら召し上がってくださいね」

とクリュエリーニーさんがおっしゃったので、せい子と美和さんは、ぱくぱくと食べ続けるのでした。

気がつくと、どこからともなくハープのような爽やかな音色が静かに流れてきて、私達の周りには、先ほど中庭で会った可憐な妖精たちが楽しそうに集まってきてこちらを眺めているのでした。私達はオトギ話の世界に舞い込んだんだろうかと、勘違いするほど楽しくてウキウキするような時間が流れていきました。


美和さんとせい子がお菓子を食べ終わると、今度は再びどこからともなく突然に現れたのは、二〇センチくらいのハート型をしたアップルケーキのような焼き菓子と、グリーン色のハーブティーのような飲み物でした。

「きゃ！　おいしい！」

と早速一口食べたあと、美和さんとせい子は声を揃えて言ったのでした。そして一昨日《おととい》から何にも食べていなかったので、お腹がペコペコだったことをようやく思い出しました。

「私達透明人間なのに、一人前にちゃんとお腹が空くんだね」

「でも本当においしいよね。妖精たちはいつもこんなにおいしい物を食べているのかしらね」

二人の話を聞きながら、妖精たちはクスクスッと笑っているだけでした。

タカシ君とトモキオも普段地球ではどちらかと言うと辛党でしたが、そのお菓子の想像以上のおいしさにすっかり魅了されてしまい、それからは甘党に好みまで変わってしまうほどでした。

「さぁ、次は何だろう」

と美和さんとせい子は、まるで食べ放題のバイキングに来たような気分になりながら、ワクワクしながら期待して待っていると、まるでマジックのように、パッと目の前の白い煙の中から一瞬にして現れたものがありました。

それは、トランペットのような形の透明な器に、七色《なないろ》にキラキラと光るものが入っていました。

「あれっ！　ついに何か分からない物が出てきた」

と四人は一瞬不安になってしまうのでした。

「皆様、それはキラキラと光っていますが、別に動物ではありませんので、安心してくださいね。召し上がると分かりますが、冷たくておいしいと思いますよ。特にこの子達の大好物です」

そのようにニッコリと微笑まれてクリュエリーニーさんがおっしゃったのですが、さあ、だれが一番に手をつけるのかが問題となりました。

今まででしたら、食べ物はいつも美和さんが一番に口にすることが、暗黙の了解になっていたのですが、今回ばかりはさすがの美和さんも、どうしようかなぁと尻込みをしてしまったのです。

見れば見るほど、キラキラと七色に光る姿が異様に私達の心を波立たせるのでした。

四人はこの食べ物を前にして、だれが一番先に食べるのかと論争し始めてしまったのでした。

周りの妖精たちは、その様子をクスクスッと笑いながら楽しそうに見ています。

結局結論が出ないまま五、六分もした頃でした。

「じゃ、仕方がない。僕が始めに食べることにするよ」

とトモキオがやっと名乗り出ました。

「じゃ、その後は私が食べるわ」

と美和さんが言い出しました。

「じゃ、美和さんの後は私が食べるね」

とせい子が言うと、タカシ君はやっと安心した様子で、

「じゃ、僕は最後でいいんだよね」

と言ったのでした。

以前伺った話に、宇宙には地球人が食べようかどうしようかと迷うほどの食べ物もあると聞いていたので、きっと、そういう物かもしれないと、四人は思ってしまったのです。


トモキオは、その食べ物を前にしてゆっくりと深呼吸をし、そしてスプーンを中に差し込み、覚悟を決めて目を閉じながら一気にゴクンと飲み込んだのでした。

口に入れた瞬間、眉《まゆ》をピクッとさせたのですが、三人はその様子を固唾《かたず》を呑んで見守りながら、トモキオがどんな反応を示すのかをじっと待っていました。

「ふ～ん。何とも言えない不思議な味だ」

と考え込むように、トモキオは言ったのでした。

続いて美和さんの順番です。『あー、いやだなぁ』と内心ドキドキしながらも、これも宇宙体験の一つだと自分に言い聞かせながら、思い切って一口飲み込みました。もちろん一瞬舌の上は通り抜けましたが、あまりの冷たさに何だか分からずじまいでした。しかし、

「あっ、すっご〜い味!」

と眉間《みけん》に皺《しわ》を寄せて、わざと驚かすように言ったのでした。

いよいよせい子の順番です。

「トモキオさんも美和ちゃんも、あんなに嫌な顔をしたところをみると、やっぱり気持ち悪いのかもしれないなぁ」

とますます不安が募ったのでした。でも怖がりのせい子もせっかく宇宙に来たんだからと、渾身《こんしん》の勇気を出して臨《のぞ》んだのでした。目を開けるとキラキラと七色に光る姿が嫌でも目に入ってしまうので、しっかりと目を閉じて、一気にスルーッと飲み込みました。一瞬甘い香りがして、『あれっ、今のは何?』と自分が想像していたのとはあまりにも違いすぎて、そのギャップに戸惑ってしまったのです。

その時、チラッと美和さんの方を見ると、彼女はパチンと片目をウィンクしたのでし

た。「ふ〜ん」と頭を上下させて、深くうなずくような仕種をしながら、タカシ君に向かってこう言ったのでした。

「これはたいへんよ。きっとタカシ君なら気絶するかもね」

と意味有りげな言葉を投げかけながら、美和さんに向かってウィンクしたのでした。

最後となったタカシ君は、もうこのまま地球に帰りた〜いと思ったほど、気持ちは動転していました。何事も後になる人のほうが待っている時間が長い分だけ不利になることはありますが、タカシ君の場合はそういう問題ではなくて、根っからの怖がりですから、最初から順番に入りたくなかったのです。いろいろなことが頭の中を駆け巡り、ついには両手で顔を押さえて、ウ〜ンとうなりながら考え込むポーズをとるのでした。

その彼の様子を見ていた美和さんとせい子は、ちょっとやり過ぎたかなぁと思ったその時でした。タカシ君は一大決心をしてその宇宙の食べ物を口にしたのでした。最初飲み込むつもりだったのが、焦《あせ》ってしまい、口の中に残ってしまったのでした。

「えっ?」

と一瞬、狐に摘まれたような感じを受けながら、まだ尚、理解出来ずに、

わってみたのでした。

「えっ？」

ともう一度言い直しました。そして恐る恐るゆっくりと今度は口の中の物をよーく味わってみたのでした。

「あれっ、僕のは何だか甘くて冷たくておいしいよ」

とタカシ君は嬉しそうに言うのでした。その様子を見ていた美和さんとせい子はゲラゲラッと笑い出しました。

タカシ君はその時、初めてからかわれていたことに気がつき、あんなに怖がって一大決心までした自分はなんだったんだろうと、ドッと力が抜ける思いがしました。

それから全員が安心して、目の前のキラキラと七色に光る食べ物を、ゆっくりと味わうことにしました。そのお味は地球のシャーベットやアイスクリームとは比較ならないほどのたいへん素晴らしいもので、四人は感動してしまいました。

しかし、それにしてもじっくりと観察すると、確かにキラキラと光っているけれども、なぜこれを無気味なものと想像してしまったのかと、あらためて全員が噴き出してしまったのでした。

その後地球に帰ってからも、今回のことを『七色《なないろ》事件』と名付けて時々思い出しながら、笑い転げてしまうのでした。

「地球の皆様はたいへんに楽しく反応されまして、とても嬉しく思います。では、宇宙の記念にこの飲み物を最後にぜひ召し上がってくださいますように」

詮索《せんさく》好きなタカシ君は、今度こそ、どうしてもどこから出て来るのかを突き止めたいと必死に目を凝らしてテーブルの上を見つめていると、一瞬にして、目の前に背の高いグラスにペパーミントグリーン色の透明な飲みものがありました。

「あっ！　せい子ちゃん、もしかしたら、これはあれじゃないのかしら？」

「あっ！　美和ちゃん、私も絶対あれだと思うわ」

せい子と美和さんは突然のことに嬉しくなってしまい、訳の分からない会話をしていました。

それを聞いていたタカシ君は、『あれってなんだろう』と疑問に思いながらも、二人のうれしそうな様子に一安心して、早速一口くちにしようとしたその時でした。

「あっ！　ストップ！　タカシ君一人だけ先に飲んじゃダメ！」

美和さんが突然言い出したので、タカシ君は慌ててこぼしそうになってしまいました。

「タカシ君、これは恐れ多くもあの『マーニャーニャー』なんですよ」

せい子がもったいぶって言ったのでした。

記憶力のいいタカシ君はその聞き覚えのある言葉に素早く反応しました。

「エッ！　これが僕が夢にまで見たあの『マーニャーニャー』ですか？」

「それでは、最後にみんな全員で乾杯しましょうか」

とトモキオの提案で全員がグラスを手にして立ち上がりました。

「では、記念すべき宇宙旅行とマーニャーニャーに乾杯！」

そこでタカシ君はあらためて口にすると、爽やかなマスカットのような香りがして、噂《うわさ》通り、その時なぜか不思議と愛を感じることが出来、幸せだぁと思えたのでした。

「宇宙の愛を意味するのか」とマーニャーニャーの名前の意味を思い出したのでした。

全員がマーニャーニャーを飲み終える頃には、もうすっかり気持ちも和らぎ、本当に心からすべてに満足することが出来たのでした。

その余韻を楽しんでいると、しばらくして、クリュエリーニーさんが静かに話し始めました。

「皆様、せっかくの楽しい一時《ひととき》でしたが、もうそろそろお別れとなります。

私共妖精の星にお越しいただきまして、満足していただけましたでしょうか。

ここでの楽しい思い出と共に、どうぞお気をつけてお帰りくださいますように。またいずれの日にか、こちらにお越しいただけることと思いますので、お会いできるその日を楽しみにしております。お元気で」

私達はこんなオトギ話の世界が宇宙にはあるんだなぁとしみじみと思いながら、心優しいクリュエリーニーさんとかわいい妖精たちに見送られながら、一人一人の妖精たちに手を振りながら別れを伝えました。

そして再びミッシェリーニーさんの後についてゆっくりと飛び上がり、眼下に見える景色を出来るだけ心に焼き付けておきたいと、全員が同じことを考えながら、フィウリー総司令官が待つ宇宙船まで急ぐことになったのでした。

途中で振り返ると、もうそこからは妖精たちのお城は見えなくなってしまい、ちょぴり寂しい思いを感じながらも、ミッシェリーニーさんを見失わないように一生懸命ついて行きました。

しばらくすると、前方にあの懐かしい宇宙船が見え始めました。フィウリー総司令官が入り口のところで手を振られているお姿を見たとき、私達はホッと安心して自然と涙がこぼれてしまったのでした。

すべての人に役割がある

「お帰りなさい。楽しかったですか」

と私達に一番にお声をかけられてから、ミッシェリーニーさんには
「ご苦労様でした。いろいろとありがとう」

とねぎらいのお言葉をかけられました。

私達がミッシェリーニーさんにお別れを告げると、四人の一人一人にお別れのキスをしてくれました。彼女の愛らしい気持ちが嬉しくって思わず胸がジーンとなってしまいました。そして彼女は、

「さようなら～」

と元気よく手を振りながら、私達が宇宙船で飛び立つのを見届けてくれるのでした。

今回も貴重な思い出と共に、一期一会《いちごいちえ》の大切な意味を身を持って体験させてもらえたことに感謝したのでした。

フィウリー総司令官と私達は宇宙船の操縦室の隣りの部屋に再び戻り、真っ白いフカフカとした気持ちのいいカーペットに直《じか》に座りました。

やっぱり宇宙のどこにいても、総司令官のお側が一番落ち着くなぁと思ったのでした。

そしてしばらくしてから、総司令官は一人一人の顔を珍しくあらたまった感じでご覧になりました。


「私がこれからお話することは、貴方達の転生にも関係していることです。

実は、皆様には宇宙連合の役割を担っていただき、いろいろな体験をしていただいておりますが、その役割は今世だけではなくて、来世も続く役割なのです。

そして更に付け加えさせていただきますと、過去にもそのようなことであったということです。

どの方にも生まれたからには、必ず役割があります。その役割を間違いなく果たすことが、自分のためであり、また人のためにもなる訳ですね。

つまり、人はその与えられた役割を通して、自らの意識の向上の道を歩むことになっているとお伝え出来ます。

しかし、中には、貴方達のような役割が与えられなかったということで、貴方達のことを羨《うらや》ましいと思われる方もいらっしゃるかもしれません。

あるいは面倒くさくなくてよかったと思われる方がいらっしゃるかもしれません。

いずれにしましても、これからの貴方達の役割が無くなることはありませんし、また
それをやっていただくために貴重な体験もしていただいている訳です。
どうぞ、これから地球に戻られても、自分達に与えられた役割をしっかりと果たして
いただきたいと願っております。
私達はこの地球を愛しております。そして地球の皆様を愛しております。
どうぞ、この広い宇宙から地球のことを大切に思い、常に気にかけている者達がいる

ということを決して忘れないでおいてくださいね」

総司令官のお話が終わると、四人はそれぞれの思いを感じたのでした。


「私達はこれからも役割が続くんだ」

と美和さんはちょっとしんみりとしてしまいました。

「他の人は羨ましいのかしら」

とせい子は分かりませんでした。

「僕だったら、きっと羨ましいと思うよ」

タカシ君は前からそう思っていたのでした。

「地球のことを考えると何が出来るんだろう」

トモキオはやはり地球の将来を心配したのでした。

そしてしばらく沈黙が続きました。四人は今回の意識体での宇宙旅行をそれぞれが思い出していると、突然美和さんが叫びました。

「このままズーッと宇宙にいたいよ〜。そしてこのまま宇宙人になりたいよ〜」

その言葉を聞かれて総司令官がニッコリと微笑まれながらお話になられました。

「美和さん、貴方達は地球にいらしても、宇宙船の中にいらしても、どちらにおいでも、間違いなくそこが宇宙なんですよ。

なぜなら地球は宇宙の一部であり、地球人はつまり宇宙人ということになりますよね。

地球に帰られても、立派な宇宙人として生きていってくださいね」


その言葉を最後にして、私達の意識がキラキラと輝く天使の姿から、徐々に離れていくような感覚がし始めました。そして、どこからともなく静かに流れてくる別れの曲に懐かしさと、総司令官との別れの寂しさを感じながらも、更に時はゆっくりと過ぎていったのでした。

そしてあの時と同じように、別れの曲が終わろうとしたその時に、総司令官の優しいお姿がパッと一瞬目の前に現れ、すぐに消えていってしまったのでした。


アッと思ったときには、私達はもうすでにあの部屋の椅子に腰掛けていました。

四人はあたりをキョロキョロと見渡して、それから何が起きたのかを理解するために、それぞれが一斉に話し始めました。

「ねぇ、私達、宇宙旅行してきたんだよね」

まず美和さんが言いました。

「総司令官は最後に『立派な宇宙人として生きていってくださいね』と言ったよね」

せい子も言いました。

「妖精の星にも行ったよね」

タカシ君も慌てて言いました。

「みんながウンウンとうなずいているということは、やっぱり間違いなく宇宙旅行を体験したということよね」

と美和さんがしっかり結論を出すと、せい子はあることを思い出しました。

「私、日にちと時間を調べなくっちゃ」

急いで携帯電話を取り出して、他の三人が見守るなか、日にちと時間を確認しました。

「きゃ、信じられないわ。ねえ、見て。あの時のあの時間のまんまだよ」

その時でした。トモキオが一人冷静に言いました。

「みんな覚えているかな。今回の宇宙旅行で自分達の過去と未来に行ったことを。そして以前もそういうことがあったよね。ということは、間違いなく『この宇宙には過去・現在・未来がたたみこまれている』ということだと思うけど」

「本当よね〜」

とせい子はなぜか素直にトモキオの言葉をそうだと思ったのでした。

「宇宙は、なんてミステリアスなんでしょう」

美和さんも宇宙の神秘に触れたような気がしたのでした。

タカシ君は「自分の役割はなんだろう」と他の三人から一人取り残されてしまったような寂しさを感じて、考え込んでしまいました。

そのタカシ君の様子を見てトモキオが言いました。

「一人一人の役割は違うかもしれないけど、タカシ君も特別に今回、僕達と宇宙体験が出来たということは、僕達の宇宙連合の役割ときっと関係があるんだよ」

とトモキオの励ましの言葉に、初めてニッコリと微笑むことが出来たのでした。

そしてトモキオはせい子と美和さんに向かって、あらためて伝えるのでした。

「僕達の役割はこれからも続くと伝えられた以上、一人一人が自覚しながら、しっかりとその役割を果たしていきましょう」

せい子と美和さんは深くうなずきながら、再び心に堅く誓ったのでした。

宇宙連合Q&A

読者のご質問にフィウリー総司令官がお答えします。

Question 1

どうしてもＵＦＯに乗りたいのですが、どうすれば叶いますか？

Ｕ・Ｔさん（18歳　男性）

フィウリー総司令官：

ハイ、きっと皆様は、いずれの日にか必ずＵＦＯに乗る日が来ると思います。

なかには、もう既にＵＦＯに乗った方がいるかもしれませんよね。

となれば、貴方がたが一日も早くＵＦＯに乗りたいと思うのも、正直な気持ちだと思います。

そこで私からのアドバイスといたしましては、まず本当にＵＦＯに乗りたいという、その強〜い気持ちを、常に持ち続けることが大切です。

なぜならば、この世の中で最も優先されることは、貴方がたの意志だからです。

ですから、その強〜い意志をどうぞ持ち続けてください。

そして更に「なんのためにＵＦＯの乗りたいのか？」というその目的も、しっかりと表現出来るようにしてみてはいかがでしょうか？
更に強～い思いを持つことが、きっと出来ると思います。

Question 2

二冊目の本『宇宙連合から宇宙船への招待』の中に、地球の現在の状況は、宇宙の五〇年前に滅んだある星の三〇年前の姿にそっくりだとありました。そうすると、地球は三〇年後に滅んでしまうのですか？

S・Kさん（30歳　女性）

フィウリー総司令官：
私共宇宙連合が地球の将来のことを心配していることはもちろんですが、やはり地球の皆様には、地球自身が現在どのような姿を現しているのか？　ということをしっかりと見つめていただき、そして自分達に出来ることに気がついていただきたいと願っている訳です。
皆様の未来も、そして地球の未来も、現在どのようなことに一人一人が気がつき、その気がついたことを表すことによって、未来の姿も当然変化してまいります。

何も気がつかないで現在のままの姿を現していくとなれば、三〇年後にはそのようになるかもしれないという注意を促すことによって、一人でも地球が危ないということに、真剣になっていただきたいと思った訳ですね。

ですから貴女のように、三〇年後に滅んでしまっては困ると思えたならば、さあ〜、貴女方一人一人が、今出来ることとはなんだろうか？　ということにしっかりと目を向けていただいて、何か一つでも気がつくことがあれば、それを自分の中でそうだこれが自分に出来ることだ、という思いで実行していただくことが大切になってきます。

現在、どの方にも良心の促しが大切な時にあります。

自分や自分の子供達、そして地球の未来を心配して何とかしたいという強い思いを貴女の内に向けていただければ、必ず今の貴女にとって必要なことを、良心の促しとして、閃きとして、ふと感じさせられる時があります。

その感じとれたことを大切なことだと思っていただいて、今自分に出来ることを、そのようにやろうと決心していただきたいと思います。

一人一人が気がつき行うこと、これが地球のいろいろな所で活動が始まっていけば、それが素晴らしい波及効果を生み出すと言えます。

自分達の置かれている環境の中で表すことの出来るその行いは、直接的、あるいは間接的に、さまざまな方向に働きかけが為されていくであろうと思います。

そのように一日でも早く、自分達の出来ることに気がつき、それを行っていっていただければ、また地球の将来も、当然変化してくると言えます。

地球を三〇年後に滅ぼしたくない、と思っていただければ、きっと貴女も大切な役割を果たすことが出来ると思います。

Question 3

宇宙って、何ですか？

T・Eさん（17歳　女性）

フィウリー総司令官：

ハイ、宇宙とはあまりにも広く、一言で申し上げることは難しいと思います。

この地球も宇宙の一つであり、地球人の貴方がたも、また宇宙の中の一人であると言えますよね。

どなたかが、人の身体を小宇宙と表現された方がいらっしゃいましたが、まさに、地球の中の貴方がたの身体のすべてを観察することも、宇宙を知ることにつながるとも思います。

なぜならば、宇宙に流れている生命《いのち》、そして地球に流れている生命《いのち》は、貴方がた一人一人に流れている生命《いのち》と、同じ生命《いのち》が流れている訳です。

ならば、自分自身の普段当たり前だと思っていたこの身体を、今一度、良〜くご覧になって見ることも大切だと思います。

人は生まれ出たときのその姿さえも、自分自身で決定することも出来ない訳ですが、だからと言って、この身体が無ければ、貴方がたは肉体を伴っていろいろな経験をすることも出来なくなってしまう訳ですよね。
となれば、この身体は貴方がたがたくさんの経験を通して、いろいろな人との関わりの中で、
さまざま学んでいくために与えられている素晴らしいものだと、そのように受け取っていただきたいと思います。

普段当たり前だと思っている、この手足や身体全体を使ってさまざまな働きを表していることに、どうぞ目を向けていただきたいと思います。

そして、一つ一つの細胞が、隣り合わせにあるもの同士が、喧嘩をすることなく仲良く暮らしているような状態は、まさに、調和された状態と言えると思います。

その姿を観察したときに、貴女と貴女の隣りにいらっしゃる方や、またお友達やその他大勢の方々との接し方はどうであったらいいのか？　ということに、更に思いを拡げていただきたいと思います。

もし隣り同士の細胞が喧嘩を始めれば、それは結局不調和な状態となり、病気になったりすれば、貴女自身のその身体一つさえも、維持することが出来なくなってしまうことであり、つまり、全体が不調和へ向かうということですよね。

貴女が隣りの方と、どのようにしていったら仲良く、そして幸せな方向に、人間関係を築くことが出来るのか？　ということが、この身体を観察することによって、また知ることも出来ると思います。

宇宙の姿は、

夜空を見上げていただきますと、その素晴らしい星々の輝きにも現れておりますように、調和された状態として、保たれている訳です。

宇宙の一員である貴方がたも、調和ある生き方とは、どのような生き方であろうか？ということを、今一度考えていただければたいへん嬉しく思います。

時には、忙しい生活の中にも少し時間を見つけて、どうぞ雄大な宇宙に目を向けていただきたいと思います。

Question 4

なぜか最近、地震や洪水、干ばつ、竜巻、そして異常気象などが顕著に現れてきているように思えますが、何か深い意味があるのでしょうか？

T・U（41歳　女性）

フィウリー総司令官：

それは、自分だけが、自分の家族だけが、自分の国だけが良ければいいという自己中心的な考え方によって、不調和の思いを表し、自分以外の他の人達のことを大切に出来なかったためだと言えます。

そして人が生きることが出来るのは、地球があり、大気があり、雲があり、雨があり、川や海があり、植物動物や、太陽の光があって、たくさんのもの達によって、生かされていることに気がつくことが出来ないがために、相変わらず、欲しいがままにエゴの夢を描き続け、そのたくさんの生かしてくれている、自然界のあらゆるもの達を無視したためであると言えます。

したがいまして、これから先、生きることがたいへん難しくなってくるような状況が進んでくると思われますが、これらの体験を通して、人が生きるために何が大切なのか？　を考えてもらいたいということですね。

またこのようなさまざまな異常気象は、人々がありとあらゆるものの悲しみや、不幸の上に幸せを築こうとする愚かな夢を見て、それを果たそうとした結果であったとも言えると思います。つまり、自然界のありとあらゆるものを大切にし、自然界と協調して生きていく以外に、人の生きる道はない、ということではないでしょうか。

そしてこれからも、やはり人々がすべてを大切に・親切に出来ずに、相変わらずの奪い合いを繰り返していくならば、更に大きな二次、三次災害と思えるものが、再び起こってくるものと思われます。戦い、争い合う生き方をすることではなく、大切にし合い、助け合う生き方をすることではないでしょうか。

地球の皆様が、たとえ自分のことのみの願いを祈ったとしても、自然界のすべてを現したものに通じる日が果たしてやってくるのかは、定かではありません。

皆様にとって、

「人間が生きるために何が必要ですか？」

今こそ、それぞれの方達が今まで当たり前だと思っていた、自然界の大切さを真剣に考えていただきたいと思います。

Question 5

地球の自然破壊の加速化をどのようにしたらくい止め、かつ遅らせることが出来ますか？
もっと積極的に、地球の再生修復する方法等ご助言くださいませんか？

U・Kさん（31歳　男性）

フィウリー総司令官：

まず理想的な方法としましては、

地球の国々の代表者達が、この地球の自然破壊の状況を知り、本当にこの地球を守らなければいけないという意識のもとに、地球全体が一つとなって、どのようにしたら具体的に、この自然破壊の加速化をくい止めることが出来るのか？　と話し合うことではないかと思います。

その時必要なことは、

自分達の国の利益を考えるのではなくて、地球全体の利益にポイントをおき、地球が一つの国である、という意識のもとに話し合っていかれますと、きっと素晴らしい答えを見いだすことが出来ると思います。

しかし、これはあくまでも理想的な方法といわざるを得ません。自分達の国が繁栄するために、他の国のことなど、考えることも出来ない方々も大勢いらっしゃる訳ですから、それはやはり難しいと言えると思います。

となれば、やはり一人一人の地球人の意識が「この地球は危ない」ということを知る必要があると言えますね。毎日のように起きている、自然災害やまた戦争、そして飢餓や貧困に苦しむ方々など、その状況をご覧になったときに、「本当にこの地球は危ない」と感じていただけるか？　どうかであると思います。

自分達の子供達の未来のためにも、何とか守らなければ、という強い思いを持つことの出来た方には、私共から、少しのアドバイスを差し上げたいと思います。

それは、大がかりなことから始めるのではなくて、毎日の生活の中で、一人一人が意識し、行っていただくことの積み重ねが大切であると言えます。

まず毎日のようにゴミが出ていますが、この「ゴミ問題について、自分はどのようにして対処していったらいいのか」ということを考えていただき、そしてそれを行っていただくということです。

自分一人くらいいいじゃないか、という考えの方がほとんどでございますから、ゴミの量を減らすことも難しいかもしれませんが、一人一人がそのことを意識していただければきっとゴミの量を減らすことも出来たり、また省エネにつながると思います。

そして、当たり前のように思っていらっしゃる、

「生活排水がどれだけ河川や海を汚染しているのか」ということを知ることが出来れば、自分に出来ることを、日々行っていくことも大切だと言えます。

また「毎日の食事のその食材についても、何が地球にとって、また自分達にとって大切なのか？」を考えていただきますと、昔からの自然農法によるものが、どれだけ地球環境に優しいのか、ということも知ることが出来ると思います。

当たり前のように車に乗っている方も多いようですが、「本当にその車は必要なのか」という素朴な疑問も持っていただきたいと思います。

「地球の温暖化がどこに原因があるのか？」ということも、ぜひ知っていただきたいと思います。

普段のその衣食住の中において、

「限りある資源をどれだけ有効に無駄のない使い方」が出来るのか？　をぜひ考えていただきたいと思います。

省エネ、省エネという言葉をよく聞かれるかもしれませんが、それを貴方がたが実際に毎日の生活の中でどれだけ意識し、そして実行していらっしゃるのか？　ということを、今一度、自分自身の姿を見つめ直していただくことが大切だと思います。

一人一人が普段の生活の中で、

「何が一番大切なのか？」という意識のもとに、この地球をもし破壊してしまうことになってしまったら、自分達どころか「自分達の子供達の未来はもうないのだ」、という危機感をぜひ感じていただくことも大切だと思います。

大人達が作り上げてしまった、この地球の状態に対して、子供達は何をどのように感じ取るでしょうか？　人に与えられた最も大切な役割の一つに、この地球の自然の素晴らしさを、そのまま次の世代に間違いなく渡していくことも、大切な役割だと言えると思います。

今地球上に起きているさまざまな出来事は、

どれだけの人が、人が生きるために必要なものに目を向けていただけるのか？　ということのためのものであって、それを一人一人が考えていきますと、ある時、内からの良心の閃きとして、ふといいアイデアを感じ取ることが出来ます。
それが、その方が行っていただく最も大切なことであり、ぜひそういう時には素直にそのことを表していっていただきたいと思います。

宇宙連合からのメッセージの中に伝えさせていただいたものは、地球の皆様が生まれたときから、一人一人の人生を素晴らしい方向に向けていただくために、その大切なときには間違いなく、

良心が、素晴らしいアイデアを伝えてくれている、ということをお伝えしてまいりました。

どの人にも与えられている良心、それは、この宇宙に流れる生命《いのち》、そして地球に流れる生命《いのち》と、貴方がた一人一人に流れている生命《いのち》が、一つの同じ生命《いのち》であり、そして、その生命《いのち》の意志の促しが、良心を感じさせている訳です。

良心とは、そのように大きな大きな、深い深い生命《いのち》の源からの、貴方がたに与えられた、素晴らしい宝物です。

今一度、その宝物である良心に目を向けていただき、そしてその良心を「生きる物差し」として生きていっていただければ、皆様と、地球の将来は幸せな姿となってまいるでしょう。

Question 6 僕達は何のために生きているの?

S・Hさん(15歳　中学生)

フィウリー総司令官:

皆様はその与えられた環境が皆違うと思いますが、皆様に流れている生命《いのち》は、同じ生命《いのち》です。

その生命《いのち》が促す思い、それは良心です。その良心の促しに、素直に生きていくことの素晴らしさ、大切さを知っていただきたいと思います。

皆様が生まれさせられたその目的は、人と人がどのようにして生きていけば、皆が仲良く暮らしていくことが出来るかということを考えながら、この身体を通して、その思いを実際に表現していくなかで、たくさんの経験を重ねながら、皆様の意識を向上させていただくためにあると言えます。

自分だけが良ければいい、という考え方をしていきますと、相手の気持ちを思いやることも出来ませんので、仲良く生きていくことは出来なくなります。

人はどうして仲良く生きなければいけないのか？　と言えば、それはこの宇宙、そして地球、そして自然界、このすべてが調和された状態として保たれています。

その調和された中に、皆様は生きている訳ですから、

貴方がた自身も、その調和に向かって生きていっていただきたいと思います。

つまり、皆んなが仲良く生きるには、どうしたらいいのか？　ということを考えながらそれを表していくことであり、そのために生まれさせられたと言えます。

Question 7

命の重さって何ですか？

J・Hさん（17歳　高校生）

フィウリー総司令官：

ハイ、皆様は毎日のように、人の死を告げるニュースを聞いたりすると思います。しかしそれはあくまでも人のことですよね。では自分が死に直面したならば、どのような思いになるだろうか？　ということを考えてみていただきたいと思います。中には小さいときから、死の恐怖を体験している方もいらっしゃるかもしれません。

自分の子供が不治の病で、明日がどうなるかさえも分からない？　というときに、きっと親ならば、自分の生命《いのち》と引き換えに、我が子を救って欲しいと、心から願っているのではないかと思います。

命の重さがどれくらい重いのか？　ということは、貴方がたが自分のためではなくて、自分以外の他の人のために死ぬことが出来るのかどうか、ということを考えていただきたいと思います。

もしそのことを考えたときに、自分はそのことを今すぐ出来ると思える方が果たしていらっしゃるかどうか。どの人も自分の命は大切だと思われることでしょう。

ではなぜ、不治の病に苦しむ我が子のために、親が自分の命と引き換えに救って欲しいとそこまで思えるのかどうか、ということをもう一度考えてみてください。

人によっては自分の命以上に、大切な命もあるということかもしれませんね。

命の重さを比べることは出来ませんが、自分の命よりも、もっと大切な命のために、自分の命を捨てることの出来る想い、というものは、本当に尊い想いであると、そのように思います。

そのような経験を積んだときに、初めて命の重さというものを、深く感じることが出来るのではないかと思います。

Question

8

中学、高校生出演のテレビ番組の中で、『なぜ人を殺してはいけないの？』との質問がありましたが、フィウリー総司令官はどのように、お答えをしてくださいますか？

A・Nさん（27歳　男性）

フィウリー総司令官：

ハイ、人は自分の意志で、生まれてくることが出来たでしょうか？

多分、それは出来なかったと思います。

ならば死と思えるその時も、自分の意志で迎えられるかどうか、ということですよね。

ましてや、それが他人の力によって行われたとしたならば、ご本人は、そのことを納得出来るのかどうかということだと思います。

そのことを考えるときに最も大切なことは、やはり人を殺す立場と、反対の殺される立場に、

貴方自身が立って見ることが必要だと思います。

たくさんのことをやりたい、いろいろなことを経験したい、夢も希望もある人生、これからだと思っていたときに、ある日突然、思いもよらないことによって殺されたとしたならば、

貴方の思いは、そこで納得出来るでしょうか？　これで良かったと思えるでしょうか？

やはり自分自身が納得することの出来ないことを、相手にしてもいいのかどうか、ということを考えていただくことは大切だと思います。

そしてもう一つ、どの人も、肉体を伴ってこの世に現されたということは、その大きな目的があるということですね。その生きる役割を果たさずして、そこから何かを学ぶことが出来るだろうか？　ということに思いを向けていただければ、やはりどの方の人生も、大切な人生として受け止めることが出来るのではないかと思います。たとえそこに、どのような理由があったとしてもです。

Question 9

(1) なぜ死ななければいけないのですか？
(2) 死を克服する方法はないでしょうか？

S・Hさん（19歳　男性）

フィウリー総司令官：

(1) なぜ死ななければいけないのですか？

きっとどの人も、死を望んでいる方はいらっしゃらないかもしれません。まだまだこれからずっと先のことなので、深く考えることはできないかもしれませんね。

人が死ぬ、ということはどういうことなのか？　人は死んだらどこへ行くのか？　などと多くの疑問が残ると思います。

その死に向かって、皆様は一日一日歩んでいるということを、忘れないでおいていただきたいと思います。その道程《みちのり》をどれだけ有意義に進むことが出来るのかどうかによって、死を迎えるときの思いは、異なってくると思います。

貴方が死を、今まとっている肉体を離れることだと考えているならば、本来人は見える世界から見えない世界に、また見えない世界から見える世界へとそのような繰り返しをなさっていくものであると、お伝え出来ます。

その中で肉体を伴っているということは、たくさんの経験が出来るということですね。それは、人と人との関係において、さまざまな思いを感じ、またたくさんの喜び、幸せを感じ、反対に悲しみ、憎しみを覚えたり等、その中で最も幸せだなぁ~と思えた部分をまた次の時に、意識の中に積み重ねていくことが出来ます。

しかし人を憎んだり、恨んだりする思いというものは、一度どうしてそのようになったのか？　という原因に目を向けていただいて、そのことを出来れば解決していただきたいと思います。

そのために肉体を離れ、心を軽くしていただいたときに、自分はどうであったのか？　どのような思いで、このようなことになってしまったのか？　ということを冷静に反省していただくためには、やはり肉体を離れるということも大切であると思います。

そういう意味で、なぜ死ななければならないのか？　という本当の意味は、人は一つ一つの階段を向上に向かって歩んでいる、その過程にあると言えますので、その大切な道程を間違いなく歩んでいただくために、一つの区切りとして、肉体を離れるという、行いがあると言えると思います。

(2) 死を克服する方法はないでしょうか？

ハイ、それはございます。先ほど申しあげましたように、人は向上するためにあるという意味から、貴方自身の意識が愛そのものとして表すことが出来るようになったとき、それはもう死を必要としないということですね。

自分と他の人を区別することなく、本当に心から大切だと思い、そしてその行いが出来たとき、それは愛そのものであると言えますね、その状態を保つことが出来たとき、それはもう死を必要としないと言えると思います。

そういう意味で今肉体を伴っているときに、自分は何が出来るのか？
何をするために今現されているのか？　ということを深く考えていただきたいと思います。

おおその方は、出来れば死にたくない、と思っていらっしゃると思いますので、その死というものの意味をただ怖いからとか、分からないからということではなくて、もっと根元的なことに目を向けていただければ、とても貴方自身のその向上の道の歩む道程は早まっていくと言えると思います。

Question 10 戦争はどのようにしたら、無くせるのでしょうか？

M・Tさん（19歳　予備校生）

フィウリー総司令官：
それは全く簡単な答えとして、お伝え出来ると思います。
「戦争は嫌《いや》だ」と思える人が、どれだけいるかということだと思います。
いま戦争がなされているということは、『戦争を嫌だと思っていない』、という結果だと思います。多分このことをお伝えしますと、大勢の方から反論されると思います。あるいは袋叩きにされるかもしれません。

でも皆様、どうぞ冷静に考えて見てください。

例えば、自分の嫌いな食べ物があったとします、余程のことでなければ、その嫌いな食べ物を口にすることはないでしょう。

ではその余程のことというのはどういうことなのかを考えてみてください。

それは、自分が生き延びなければいけない、それ以外の食べ物は一切ないので、仕方なく、本当に嫌いだけれども口にしなければならないと思ったときには、嫌いなものさえも、口にすることが出来るのかもしれません。

では、その嫌いと思える食べ物が、つまり戦争のように人を殺すことも出来るものであったとしたならば、いかがでしょうか？　自分達が生き延びるために、お互いが嫌いなものさえも口に入れることが、結局はお互いが助からないということにつながるならば、それは両方にとって、望ましいことでしょうか？

自分の国のみの、利益のためになされる戦争は、両方の国にとって望ましい姿と思えるのかどうかということですよね。

自分だけが助かりたい、自分の国だけが助かりたい、それ以外の人は皆必要ない、という考え方は、太陽は自分だけの物だ、空気は自分の国の者達だけが与えられるべきだ、自分達だけのために水はあるのだ、ということと同じことを言っているとは思われないでしょうか？

他の相手の国々の方々も、また同じような考えを持ったとしたならば、これこそ、自然界を二つに割ってしまわなければいけないような、そういう状態が発生してくると思います。

それは果たして可能なのかどうか。戦争をなさっている方々は、きっとそういうことも可能であると、考えていらっしゃるのかもしれません。

どのようにしたら、戦争を無くすことが出来るのか？

それは、自分達が生き延びるために、相手の方や、また大切な自然界を痛め、その結果半分に割ることが出来ると思った自然界さえも、一つのものであったということで、結局は自分達も、その生き延びることが出来ない状態に陥るまでは、戦争を無くすことが果たして出来るのかどうかと、私共も考えております。

人の心というものは、なかなか一度に平和に向かうことは難しいのかもしれません。一部の方々の平和を望みながら、一方で、残りの方々の死を望むということは、果たしてそういう状態が、自然界の中に生きる者として成り立っていけるものかどうか、ということをよく考えていただきたいと思います。

しかし考えることが出来ないから、今現在地球上にたくさんの方々が苦しみ、いつ終わりがくるかもしれない戦争を続けていらっしゃるのだと思います。

どの方も、どのような形で生まれてきたのかということを、ぜひ考えていただきたいと思います。何も身にまとうことなく、まっさらな純粋な心を伴い、たくさんの経験を積みながら、学んでいくために表された人生を、現在戦争をなさっている方々はどのような形で、感じ取っていらっしゃるのでしょうか？

また戦争に加わることがない方々さえも、平和を願うだけで戦争をやめることが出来るのかどうか、ということを深く考えていただきたいと思わずにはいられません。

結局のところ、「戦争は嫌だ」と、本当に心からの叫びをどの方も表すことが出来たときに、戦争を止めることが出来るのかもしれません。

それまでは悲しいかな、私共といえども戦争を無くすことは難しいと考えております。

たいへん希望の持てないお話となりましたが、これが現在の地球の皆様の姿でもあるように思います。

Question 11 何が正しく、何が正しくないのか? 善悪について、わかりやすく教えてください

美和さん

フィウリー総司令官：
ハイ、どの方の意識の中にも「正しい、正しくない」、「良いこと、悪いこと」という区別をする意識があると思います。言葉を変えれば、それは常識、非常識という相対する言葉として表現することも出来ると思います。
自分にとって常識であることが、相手の方にとっては、非常識として受け取られるこ

ともあります。また自分の国では、そのことが常識として当たり前のことであっても、他の国にとっては、全く非常識と映ることもあるでしょう。

では何をもって、その判断をすることが出来るのでしょうか?

それは個人個人によってものの価値観が違う、という意味からもなかなか難しいことと思います。

世界中の大勢の方々が、どの方も自分の考え方、生き方をそのまま表して生きている以上、そこには、その考え方、生き方と違うものを表す方との間で、必ず争いが生じてくると思われます。

それは口争いという小さなものから、戦争という大きなものに至るまで、そのすべてが、それぞれの生き方、考え方の違いによって、生じているものと思います。

例えば、ある方はお肉がとても好きな方、ある方はお魚がとても好きな方、またある方は野菜がとても好きな方と、それぞれの好みが違う中において、周りの方が自分と違う好みをもっているからといって、批判することは出来ないと思います。

なぜならば、相手を批判すれば、また自らが批判されるという関係においては、お互いが認め合うということが出来ないと思います。

やはりそれぞれの好みや個性はお互いが認め合うことが大切だと思います。

それが平和に生きていくことの出来る、という意味においても大切なことだと思います。


また音楽についても、ある方はクラシックが好き、ある方はジャズが好き、またある方は歌謡曲が好きと、三者三様の中において、お互いが自分の好みを主張したいと思うのであれば、相手を批判するのではなくて、互いにそれぞれの個性を認め合うことが大切であると、そのようなことも知ることが出来ると思います。


また宗教においても、さまざまな宗教を信仰している方達が、自分が信じているものを、相手から非難されれば、とても穏やかな気持ちでいることは出来ないと思います。

やはり皆が平和に暮らすためには、それぞれが信仰している宗教を、それぞれの方がお互いに認め合うことが出来たときに、きっと素晴らしい世の中になるであろうと、そのように思います。

一つの家庭の中においても、

それぞれの方の個性があり、また好みが違い、考えや生き方も異なってくると思います。そこで、ある一人の方が、自分の考えを家族のものに押しつけようとしますと、そこでさまざまな支障が生じてくる、ということ等を通して、人はお互いに、どのような生き方をしていったらいいのかということを、最も小さな単位である家族の中で、日常生活を通しながら、学んでいっていらっしゃるのかもしれません。

自分の生き方、考え方を認めて貫いたいと、どの方もきっと思われるでしょう。しかしそのためには、相手の方の生き方、考え方もまず認めてあげること、そして、お互いに認め合うことが出来たときに、初めてそこに調和が保たれるのだと思います。

話を元の善悪というところに戻しまして、人が考える良いこと、悪いことには、立場によってさまざまな考えが、生じてくると思います。

例えば一つの事件が起きたときに、加害者と被害者、この立場の違いによって、その発生した事件の善悪についての受け止め方も違ってくると思います。

「自分は被害者だ、ひどい目にあった。あいつは悪いことをした、どうしてくれるんだ」。

一方、

「自分は加害者だと言われている。しかし、なぜそう言われたのかが分からない。悪いのはあいつの方だ、罪を償え、とんでもない」

このように一つのことをお互いがどのように受け止め合うことが出来るのか？

小さな事件から大きな事件に至るまで、また生命に関わることであれば尚更、その被害者と加害者の間には、大きな溝が生じてくると思います。

私は、善悪というものは、それぞれの方々の考え方、生き方があるように、皆その立場によって、善悪の捉え方も違ってくると思います。

そのため、「これが善いこと」「これが悪いこと」「これが正しいこと」「これが正しくないこと」、という判断をどのように下したらいいのかということで、さまざまな法律を作って公平に判断を下そうとなさっているとは思いますが、本当の意味で、その判断はどの方にとっても、納得のいくものであるのかどうかということを考えない訳にはいきません。

人が生きている間にたくさんの人と関わり、その中で生じてきたさまざまな出来事は、その経験を通して、いろいろなことを学ぶためにあると、そのようにはお伝えしてきましたけれども、一つの出来事を通して、これは学びのためにあったのだという意識を持っていただくことが大切だと思います。

相手を非難することは、とてもたやすいことだと思います。しかし、その非難することばかりを一生やっていていいのかどうか？　ある時、ふといつまでもこのように相手のことを恨んでばかりいても仕方がない、というように思えたならば、どうぞ、そのことを通して、自分はどういうように生きていったらいいのか？　その苦しみ、悲しみをどのようにして活かしていったらいいのか？　ということを、ぜひ考えていただきたいと思います。

そしてまた、それを考えていただくためにあらゆる出来事が、そのために用意されているのだということを、ぜひあらためて知っていただきたいと思います。皆それぞれの生き方、考え方を表して生きていくことは、また周りの方の考え方、生き方をも認めてあげることによって、そこに大切な何かをきっと勝ち取ることが出来ると思います。

どうぞ、どのようにしたら自分と違う価値観を持った方々に対して、それぞれの方の生き方を認めて上げることが出来るのかを学んでいっていただきたいと、深く願っております。

Question 12 罪を犯したら罰が与えられるのでしょうか？

U・Eさん（26歳　女性）

フィウリー総司令官：

この世の中に罪を犯したことのない方がいらっしゃるのかどうか？　ということですね。

小さい時から今日まで、自分に嘘をついたり、相手に嘘をついたり傷つけたり、誤魔化したりしたことがなかったと言える人がいるでしょうか？

しかし罪にも、許せる罪と許せない罪、というものがあったとしたならば、貴女がたは、どのような罪を犯したでしょうか？

また許せる、許せないということは、何を基準にして決めることが出来たのでしょうか？
もし「自分が悪いことをした、だから今罰が与えられた、これは天罰だ」と思えたならば、その罰の原因が分かった訳ですから、これからは同じようなことにならないように十分に反省し、出来るだけ後悔のないように生きていくことが望ましいと思います。

自分の行いは必ず何らかの形で、自らに跳ね返ってきます。
ですから、良い行いをすれば、また良い行いとして自分に返ってきます。
反対に悪い行いをすれば、また、まるで天罰のように悪いことが返ってきます。
これはまぎれもなく、宇宙の法則です。

その罪と罰という関係を通して、皆がどのような生き方をしていけば、最も自分自身が幸せだなぁ〜と思える生き方が出来るのか？　ということに気づいていただきたいがために表れていることであるとも言えると思います。

また自分自身が幸せだと思えたことを、近くの方々にまた与えてあげることが、どのようにしたら出来るのか？　ということも、次に気になるところだと思いますね。

人は結局、一人では生きていくことは出来ませんから、触れ合う方々とどのようにして仲良く幸せに暮らせるのか？　というテーマに向かって人の人生はさまざまな経験が用意されています。その経験の中の一つに、「罪と罰」ということも含まれているのかもしれません。

悪いことをしたから、誰かによって罰を与えられる、という現実がありますが、本来は、自分自身の行いは、自分以外の他の人から、判断されることではなくて、自らに与えられた、また現れた現象によって反省し、そして二度と同じようなことはしないでおこう、と決心するのではないかと、そのように思います。

皆様の考える、罪と罰はいかがでしょうか？

Question 13

病院には大勢の患者さんがいますが、なぜ病気になるのですか？

M・Yさん（18歳　高校生）

フィウリー総司令官：

病気はなぜ起きるのか？　誰がそうしているのか？　という疑問については現代の医学では、それぞれの病気の原因についての、研究がなされてきていることだと思います。

あえて私から申し上げさせていただければ、この身体《からだ》は誰が動かしているのか？　ということに繋《つな》がることだと言えますね。

皆様は、自分の身体は自分の思いどおりに動かしていると思っていらっしゃるでしょうが、実は貴方がたの身体は、寝ているときも起きているときも、貴方がたの意志を離れたところで、この身体は生かされまた動かされているのです。

誰が一体そのように、貴方がたの身体をコントロールしているのでしょうか？

それをあえて、貴方がたに流れている生命《いのち》という表現をとらせていただければ、その生命《いのち》の意志が、貴方がたの身体を動かし、また病気と思えるものさえも表現していると、そのようにお伝えしたいと思います。

病気とは気の病と書きますが、気とは貴方がたの「気持ち」・「心」のことであり、つまり、貴方がたの気持ち・心が病《や》んでいる、という意味ですね。

それならばまず、貴方がたの心や気持ちが、どのように病んでいるのかを考えてみることではないでしょうか？

それにはまず、本来人はどのような心であったらいいのか？　ということを知ることが大切だと思います。自分だけが良ければいい、という自己中心的な考え方は、結局は、本来のお互いが大切にし合い、助け合って生きていく方向とは、逆の方向になっていると思います。

その自分だけが良ければいいという考え方、生き方は、心の病気であり、またそれが不調和な姿を現していると思います。その不調和な思いと姿が、結局、貴方がたの身体と思えるものに跳ね返り、そして病気として表現されていると…。少し難しくなりましたが、そのようにお伝えしたいと思います。

人は本来、調和を表すために生まれさせられていると言えますが、貴方がたが、その不調和な思いを表すことによって、またそれに連動した姿として、身体に不調和な病気が現れてきた訳ですよね。

生命《いのち》の意志が、
病気を通して、貴方がたの気持ち・心の病に気がついていただきたい、という目的のために病気は現されていると言えると思います。

Question 14

世の中に不治とか難病と言われるものは沢山あります。そして更に新しい病気も発生しているようですが…。
（1）病気の根元的な発生原因および発生のメカニズムについて
（2）病気の意味について
（3）その治し方について、本人の場合と・本人以外の場合
（4）あらゆる病気にも、その治し方は当てはまりますか？
いろいろ教えてください。

T・Tさん（46歳　男性）

フィウリー総司令官：
（1）病気の根元的な発生原因、および発生のメカニズムについて。
ハイ、病気の根元的な発生原因は、その方自身の不調和な思いにあります。その不調

和な思いが、不調和な行動として表されたとき、その不調和な思いが、相手の方を経由して、自分自身に返ってくることになる訳です。

そのメカニズムは、今の科学では説明出来ないと思いますが、皆に流れている生命《いのち》を通して、また相手の方の生命《いのち》を経由し、そして、自分自身の生命《いのち》に戻ってきたときに、生命《いのち》の意志により、自分自身の不調和な思いが、自らの身体《からだ》と思えるものに、不調和な姿を現していくということが言えます。

つまり自分の為《な》した行いが、自らに跳ね返ってくるということは、まさしく、それは法則であると言えます。

(2) 病気の意味について

病気の意味は、なぜ病気になったのか？　というその原因に、目を向けていただくためのものであると言えます。原因に目を向けていただければ、自らの不調和な思い、不調和な行動をどのように変化させれば、病気を治すことが出来るのか？　ということに気がついていただけると思います。

人類を含むこの自然界のすべては、調和された状態として保たれています。

その調和された状態の中に、不調和な思いを持った方が存在すれば、果たして全体はどのような方向に向かうでしょうか？

やはり自分の意識の状態に気がついていただければ、きっとその方はこれからどのような生き方をしていったらいいのか？　ということに目が向けられると思います。

そのために病気はあると言えると思います。

（3）その病気の治し方について

まず病気の原因そして意味を知った後に、貴方が何を反省し気がつくでしょうか？

そのことをまずやっていただくことだと思います。

そして本当に治りたいという思いを持たなければ、治すことは出来ません。

なぜならば、自らの意志が最も尊重されるからです。

そして更にそのことをやっていただいた後に、あるいは同時進行で貴方自身の身体《からだ》を動かしている生命《いのち》に対して、貴方のその素直な思いを向けていただきたいと思います。

その方法は、

「私の生命《いのち》よ、どうぞこの身体《からだ》を完全な健康体にしてください」

「なぜならば、私は次のようなことをするために、どうしても治りたいのです」
と何度も、自らの内に向けて一生懸命伝えていただきたいと思います。今の場合は、本人が病気のときですが、
本人以外の場合はどうかということになります。家族の方が病気である場合には、
家族の方の生命《いのち》に向けて伝えてあげてください。
「○○の生命《いのち》よ、どうぞ○○の身体を完全な健康体にしてください」
ということですね。
そして、その家族の方自身も、なぜ病気になったのか？　というその原因と意味を知る、そして本当に治りたいと思う気持ちを持たなければ、なかなかそれも難しいと言えます。

（４）あらゆる病気の治し方にも当てはまりますか？　という質問についてです。

ハイ、その答えは、
すべての病気に、その治し方は当てはまりますとは申し上げられません。
が、ほとんどの病気には、当てはまると言えると思います。
その当てはまらない病気というのは、貴方がたの意識で見分けることはたいへん意味

が深く、本当のことを知ることは難しいと思います。

そのため、この（4）番の質問に対しては、回答を与えることは今の段階としては出来ません。

Question 15

光の玉が二つ、身体に入ってきました。その時から、お腹の中から二人の人の会話が聞こえたり、いろいろな命令をされて困っています。悪霊でも入ってきたのでしょうか？　どのようにすれば、元の何も無かった状態に戻りますか？　教えてください。

T・Aさん（26歳　女性）

フィウリー総司令官：

ハイ、それはたいへんお困りだと思います。

自分にとって、とてもいい情報を与えてくれる存在であれば、歓迎も出来たのでしょうが、やはりいろいろと命令されたのでは、日常生活もあるいは困難になってくるかもしれませんね。

貴女がその悪霊と思えるもの達と、どのように向き合っていったらいいのか？　ということですが、それをまず考えて見ましょう。

貴女は以前から、あるいは、超能力的な何か人にはない能力を持つことが出来たらいいなあ〜、という願望はありませんでしたでしょうか？

もし思い出していただいたならば、そういう自分は、なぜそのような超能力的なものを願ったのか、ということを考えてみてください。人よりも素晴らしい才能があれば、世間から認められ、そして自信ある生き方も出来ると思ったのかもしれませんね。

本来の超能力とは、自分のためにあるものではなくて、自分以外の他の人のために何か役に立ちたいという相手を思う気持ちを持ったときに、表すことの出来るものが、本来の超能力であると言えると思います。

そのため、今貴女がいろいろ経験していることが、もし自分にとって不都合なものであるとしたならば、その原因は、貴女自身が超能力を願ったその目的が、どこにあったのか？　ということをあらためて思い出し、気がついていただきたいということです。

自分は、自分のことだけを考えて、自分のためにだけ、都合のいい超能力を望んでいたということに気がつけば、もっと人の役に立つ素晴らしい存在になりたいと思っていただければ、その思った分だけ貴女の生活の中で、自分に出来ることを表していくことが出来ると思います。

貴女自身の考え方を変えていただければ、そこで貴女に今現れている状態も、必ずや変化してくると言えます。、貴女に、

「人は何のために生まれているのか？」

「人は何のために生きているのか？」

ということを考えていただくとてもいいテーマが、今一度与えられたのだと思います。

Question 16

（1）老けないで生きることは出来ないでしょうか？

（2）なぜ老けなければならないのでしょうか？

老けない方法を教えてください。

J・Oさん（51歳　男性）

フィウリー総司令官：

（1）老けないで生きることは出来ないでしょうか？

皆様の意識の中には、時間という観念が多分あると思います。

それは無意識の内に持ってしまったものかもしれません。ではそれを意識して無くすということも、ある時大切になるのではないでしょうか。

いつ自分は時間という観念を身につけてしまったのか？　ということですね。

その時間という観念を意識して無くすことが出来たとき、その時こそ、今の質問にありましたように、老ける必要も無く、若々しく活き活きと生きていくことが出来ると言えると思います。

それはどうしてもそうしたい、という思いを持つことが出来たときに、何等かの回答が与えられるものである、と言えると思います。

(2) なぜ老けなければならないのでしょうか？　老けない方法を教えてください。

お答えとしましては、何等老ける必要は無いと言えると思います。

それは（1）番のときの回答と同様、なぜか時間というものの観念が無意識のうちにあるために、人は年を取れば老けなければいけないという観念を、どこかで作りあげてしまったのかもしれません。

これさえも、どうしてもなんとかして私はいつまでも若々しく、活き活きとしていたいと老けないでいたいと思うならば、さまざまなことに気がつくことが出来ると思います。

例えば、その時間という観念を無くすには難しい、と思えたとしても、では一般の方よりも老けないでいるためにはどうしたらいいのか、ということ等を、また一方で考えてみてください。

そうしますと、活き活きとしていらっしゃる人を観察しますと、やはりその方は何か素晴らしい生き甲斐を持ってそのことを一生懸命なさっている、ということに気がつけば、貴方自身も何かに打ち込むことの出来る生き甲斐を見つけ、そしてそれに打ち込んでいただくことが、より一層老けないでいられる一つの方法かもしれないと、そのようにも思います。

貴方の気がついたことから、どうぞおやりになっていただきたいと思います。

Question 17

不安や不満はなぜ生まれるのでしょうか？どうすれば、無くすことが出来るでしょうか？

Y・Oさん（27歳　女性）

フィウリー総司令官：

ハイ、まずその不安や不満は、どこから生まれてくるものなのか？　その原因を知ることではないでしょうか？　その原因を知ることが出来れば、ほぼ解決するのではないかと思います。

地球上の大勢の方々が、さまざまな不安や不満を、毎日の生活の中に抱いていると思います。

しかしその不安や不満は、ただ愚痴をこぼす程度のものなのか？

あるいは、それをどうしても解決しなければ、にっちもさっちもいかないというくらい緊迫したものであるのかどうかという、その程度にもよると思います。

人は、どうしても無意識のうちに不安や不満を口にし、ただ何となく終わっている、過ごしているということがあると思います。今自分はどのような不安、そしてどのような不満を持っているのか？　ということをまず見つめていただきたいと思います。

そして、その見つめることの出来た次の段階としては、多分、その不安や不満には相手があるかもしれないということを考えてみることです。相手の方にこうあって欲しい、こうなってはいただけないだろうか？　という、ある種の希望を持っていたのではないのか？　その希望が叶わないがために、さまざまな不安や不満が、生じてきたのかもしれませんね。

同様にまた相手の方も、貴女自身にさまざまな希望を抱いていたのかもしれません。お互いが自分の思い通りに相手がなっていただければ、こんな幸せなことはないと思っていたとしても、世の中、なかなかそのようには、うまくいくものではありません。なぜならば自分自身が描くその相手の方に対する希望は、ある意味で儚《はかな》い、幻想的なものであるとも、言えると思います。

もし貴女が、相手の方から自分の思わない希望しないことを望まれたとしても、それを叶えて上げることが出来るでしょうか？　同様に相手の方も、貴女が描くさまざまな希望に応《こた》えられない、というのが現状ではないでしょうか？

人は生きる上に、将来への希望というものを描くと思います。

しかしそれは、相手によって叶えられるものではなくて、ご自分自身が努力し、そして勝ち取るものではないかと思います。

常に相手の方に思いを向けるだけでは、何等解決にはならないということですね。

結局原因は、ご自分自身の思いにあると言えると思います。

そのことにどうぞ気がついていただきたいと思います。

Question 18

家庭の中の考え方の違う夫婦が、どういう風にしていけば、幸せな方向にいけるのか、ということが分かりません。夫婦であっても、子供の育て方一つについても違う考え方を持っていて、そこで葛藤や争いや沈黙、また力のある方に従わなければいけない悔しさを経験しています。

Mさん（38歳　女性）

フィウリー総司令官：

ハイ、最も身近にある者同士の考え方の違いは、また直接的に家族の皆にも影響してくると思います。特に小さな子供さんの場合ですと、子供の育て方についてさまざまな行き違いや、またそれに伴う葛藤や争いが、起こってくることも実際あるでしょう。

お互いが違う考え方を持っている場合には、たとえ小さなお子さんといえども、その子供自身に直接どうしたいのかということを、聞いてみることも大切だと思います。

また答えることが出来ないような内容については、本当に子供が自ら進んでその決められたことや、歩む道に従うことが出来ているのかということを見てご覧になることも大切だと思います。もし嫌々親の決めたことに従っていたならば、きっと本人もまたご両親も、楽しい方向には行かないと思います。

せっかくの家族の中でたくさんの出来事を通して、お互いがどのようにして相手のことを考え、そして歩み寄ることが出来るのか？　という大きなテーマに向かって、出来れば前向きな方向に進んでいっていただきたいと思います。

夫婦のどちらに主導権があるかによって、一方の方が、我慢をするということでは、あまりその状態は望ましいとは思えません。お互いにもう少し歩みよって、どうしたいのか、どの程度までならば譲れるのか等、ゆっくりと時間を掛けて、お話し合いになってみることをお勧めいたします。

皆の心が調和された状態になるためには、自分だけがいいという考え方ではなくて、相手の考え方にも耳を傾けることにおいて、互いが互いを労り合う、尊重し合う、そういうことの積み重ねによって、きっと家庭の中の調和も、保たれると思います。

どの方も自分の考えは正しいと、きっと思っていらっしゃるでしょう。

それも決して間違いではございませんが、どの人も、そのように思っているのだということを、まず知っていただかなければいけないと思います。

相手から強引に、何かを押し付けられてしまえば、そこにはただ、じっと我慢することしか出来ない状態や、また最終的には、一緒に暮らすことが出来ないということにもなりかねないと思われます。そのようになる前に出来るだけの努力を、お互いがなさってみることがよろしいと思います。

それが大切なお子様のために、一番心を傾けなければいけないことのように思います。案外と子供さん自身も、自分の考えというものを素直に表現出来る方もいらっしゃいますから。心穏やかなときに、問い掛けてみることも大切だと思います。
出来れば子供さんの意見を、尊重して上げることもよろしいのではないでしょうか？

Question

19

人と人が、どのようにすれば理解出来るのでしょうか？

K・Mさん（18歳　高校生）

フィウリー総司令官：

まず皆様は、人と人が何らかの努力をすることによって理解し合える、と思っていらっしゃると思います。

確かに何らかの努力によっては、そのようになるかもしれませんが、「**人と人は本来、理解し合えないものである**」ということを、まず知ることではないかと思います。「**本当の姿を知ること**」によって、先への希望や、解決方法に結びつくものであると思います。

では、人と人は本当に理解し合えないものだということを、皆様は認めることが出来るでしょうか？　家族の中においても、また職場にあっても、あるいは国と国の関係においても、さまざまな考え方や生き方の違いが生じていると思います。それはつまり、互いが理解し合えない、ということを表現していることではないでしょうか?

時には、主義主張の違いにより、人殺しまで発展することもありますね。

人殺し、つまり戦争を無くすためには、「それぞれの主義主張の違いがある」ということを、知ることも大切ではないかと思います。

人はそのように創り出されている、という考え方も、出来るのではないでしょうか?

ではなんのために?

それは、人は自分以外の人との関係において、さまざまに自分と違う考え方や生き方を通して、反発したり、悩んだり、争ったりするなかにおいて、やはりこれでは、幸せを掴むことは出来ない、どうしたらいいのか、という深い悩みに陥るときに、その解決方法を見つけ出し、またその見つけ出した方法に沿った生き方をするなかで、たくさんの経験を通して、結局は、

「人と人が、どのような生き方をしていったらいいのか?」

ということを学ぶことが多いと思います。

「人と人は理解し合えないものである」という前提のもとに、ではどのような努力をすることによって、その関係を、素晴らしい方向に向かわせることが出来るのか、ということが、次のテーマとなってくると思います。

どうも地球上の皆様は、その「本来の人の姿」に気がつくことが少なかったように思います。

「本当の心を知ることなく」次への一歩は、なかなか望めないものであるように思えてなりません。

「人と人が、本来理解し合えないものである」ということを知ったならば、当然そこには、考え方、生き方の違いはあって、そして、「その違いを非難しあうことではなくて」、どのようにしたら全く違う者同士が、「それぞれの生き方、考え方を認め合うことが出来るのか?」という大きな課題が、そこにあると思います。

これは地球上の皆様が、これからの人生を、そのすべてをかけてもいいと、思えるくらいの、重要なテーマであると、思われてなりません。

戦争は嫌だ、平和が欲しいとたとえ願ったとしても、その互いの違う主義主張を、どのようにして認め合うことが出来るのか、あるいは家庭のなかにおいて、夫婦が違う考え方、生き方をしようとしたときに、互いがどのようにして認め合うことが出来るのか？

いろいろな問題とも思えるようなことを通して、どの方にもきっと、その大切なことを考えていただくためのものが、たくさん用意されていると思います。

答えは全く簡単でありながらも、その答えを導くまでの、その長～い苦しみを伴うような経験が、とても貴重なものであると思います。その貴重なものを、どれだけ意識して表していくことが出来るのか、ということが大切になってくると思います。

Question 20

ジェラシー（嫉妬心）はどうして起きるのでしょうか？
どうすれば消すことができますか？

T・Yさん（28歳　女性）

フィウリー総司令官：

人は自分が大切にしていたものや、思いを傾けていたものを、どなたかに奪われたようなときには、激しくジェラシーを感じると思います。

それは、その大切にしていたもの、心を傾けていたものを自分のものであったと、そのように思っていたからではないでしょうか？

ましてやそれが、愛する人であれば尚更のこと、どうすることも出来ないような苦しみに心を乱す自分に、情けなく思われる方も多いことと思います。


しかし世の中は、常に変化しています。

あなたの心も変化するように、相手の心も常に変化している訳ですよね。

相手の方の心変わりを嘆くばかりではなくて、どうして自分は今ジェラシーの炎でいっぱいになっているのか、その原因を見つめてみてはいかがでしょうか。


あなたの愛した人が他の人と仲良くしている姿をもし見たときに、良かったね、あんなに幸せそうにしている。自分と一緒に居るときには見せなかったような楽しそうな喜びを表している。本当に相手は幸せなんだと、心からその愛した人を祝福してあげる気持ちには、なぜなれないのでしょうか？

そこにはきっと無意識のうちに、相手の方の気持ちを、独占したいと思っていたのではないでしょうか？

皆様がこの世に生まれ出るときに、何を身に着けて生まれ出ることが出来たでしょうか？

人は生まれ出るときも、また肉体を離れるときも、何一つ身に着けることのない姿であるということを、思い出していただきたいと思います。

あなた方が肉体を伴っている時に手にすることの出来るもの、それは一見、半永久的に持ち続けることができるだろうと、きっと思われたかもしれませんが、何一つとして確かなものは、この世の中にはないということです。

つまり、あなた方が所有出来るものがあったとしても、それはほんの一時であるということですね。

しかし多分、皆様の希望の中には一回手にしたものはずっと持ち続けたいという、強い願望があるのかもしれませんが、それはあくまでもあくまでも幻想であるということです。

一度手にしたものが、自分の手元から離れていってしまったときはきっと悲しいでしょう。ましてや、それが大切なものであればある程、無くしたくないという気持ちも分からない訳ではありません。

しかし、一旦離れてしまったものを、また何とかして同じように手にしたいと思われても、それはもう無理であると、はっきりと諦めてしまうことも大切ではないかと思います。


そのきっぱりと諦めるためには、世の中に変化しないものは、何一つないということを、しっかりと知っていただくことだと思います。

そして、自分から離れていってしまった人の心を恨むのではなくて、前向きに更にあなた自身が済んだことを一つの経験として整理して、新しい出会いに向かって、出発していただきたいと思います。


人は互いが会った時から、もう既に、別れに向かって進んでいる訳ですね。

その別れが、自分の考えよりも早く来ただけではないかと、そのように思います。

いずれ別れは来る訳です、それが、生き別れであろうが、死に別れであろうが、必ず、人が出会った以上、その日は来るということをいち早く経験していただいたと言えると思います。

人と人の関係は、そのような儚《はかな》いものである、ということが分かれば、これから出会った方と、一日一日、一時一時を更に大切に互いが思いを尽くし合える関係に発展していくことは、たいへん素晴らしいと思います。きっとそうなっていただくための、今その苦しい経験が、貴重なものであると、そのように思います。

人が生きるということは、本当につらく、哀しみを伴うものであると思いますが、その中から学ぶことの出来るものは、数知れずあると思います。どうぞ、これからの素晴らしい未来に期待していただきたいと、そのように思います。

Question 21 地球人の意識を高める方法は、どのようにしたらよいのでしょうか?

N・Aさん(39歳　女性)

フィウリー総司令官:

「人が生きるために何が必要なのか」ということを、一人一人が深く考えていただくことがまず大切です。

普段の生活に追われていたりしますと、なかなかそのようなことさえも考えることは出来ないのかもしれませんが、人はたくさんの経験を通して、その中から「どのような生き方をしていったらいいのか?」ということも、学ぶために生まれさせられている訳ですから、自分の歩んできた道を、振り返るときも重要だと思います。

そして、自分の人生を今日まで続けることの出来た最大のものは、何だったのか?それは皆様が生きるために最も必要な、この地球があったからである、ということですよね。

そしてこの地球には、皆様が生きるために必要なものがすべて用意されていた、ということではないでしょうか。

自然界の多くの恵みをいただきながら、人はすくすくと、今日まで育つことが出来た訳ですから、そのことをよ～く考えていただきたいと思います。

結局のところ、地球人の意識を高める方法とは、

いろいろなことを深く考えていただくことが、まず大切であるということです。その

ためには、心を穏やかにする時間も必要だということですよね。そうすれば、その毎日当たり前だと思っていたことの一つ一つが、本当に有り難いことだったのだと気づくことが出来ます。

この自然界の、無償で与えられている恵みをいただきながら、さぁ、皆様はこれからそのいただいた物を、どの様な形で返すことが出来るのか、という方向に意識を向けていただきたいと思います。

いわば、「自然界の無償の愛に、どの様にして人類は答えることが出来るのか」という、大きなテーマがどの方にも、本当は与えられている訳です。

その与えられた大きなテーマに気がつき、そして自分に与えられた環境の中で、今の自分に出来ることを、精一杯表していこうとする意志が大切だと思います。

自然界の法則とは

「互いが助け合いながら、いたわり合いながら、調和を保つ方向に努力することであり」、

またそれは、人類にとってはそのお返しの方法が、皆それぞれ各分野に渡っているということですよね。だからこそ、人類はたくさんの役割を担い合いながら、皆が助け合

いながら、生きていくことが出来る訳です。

しかし実際のこの地球の姿は、自分達の考えや生き方を相手に押しつけ、またその考えや生き方に反発する者達には、力ずくで押さえつけるような、たいへん暴力的な関係が見られます。

それが家庭の中であったり、社会の中であったり…。

また国と国の間であれば、戦争という状態にも、発展してきていると思います。

この地球は、力のある方のためにあるのではなくて、一人一人に、平等に与えられた地球である訳ですから、そのことを多くの方が、勘違いをしていっしゃると思います。

人と人の間には、どうしても力関係が働いてしまいます。

しかしそれは、本来生まれたときに備わっていたものではなくて、人が自ら作り上げてしまった、エゴの意識であると言えると思います。

自分のエゴの意識に気がつくことが出来た方が、初めて意識を高める方法に、目が向かわせられるのだと言えると思います。自分の状態を、まず知ることが必要であると言えます。

人にある欠点は、自分にもある欠点である、という考えを持つことが出来れば、その相手の方を許すことももちろん出来るでしょうし、またそれ以上に、自分はその方のために何が出来るだろうか？　と、相手への思いを更に表して行くことも可能だと思います。

結局人は、

「何のために生まれさせられたのか？」

「きっと生まれた以上、大きな意味があるだろう」

という疑問を感じていただければ、その疑問は更に大きくなり、深く深く悩んでいただければ、その時はきっと内からの閃きとして、いろいろなことに気づかされる時期が来ると思います。

地球人の意識を高める方法は、

きっと個人個人が違っているのかもしれません。なぜならば、一人一人の個性は、その方にのみ与えられたものであり、その与えられた個性を発揮しながら大勢の人との関わりの中でたくさんのことを経験し、学んでいくことが出来るのだと思います。

私共宇宙連合としましても、一人一人の意識が高まり、自分だけのことではなくて、自分以外の大勢の方のことや、またこの地球の自然界、そして宇宙へと更に思いが広がっていくことを常に願っております。

あとがき

今、私達が抱える悩みにはいろいろなものがあります。

自分の人生を振り返ってみたときに、そこには必ず何らかの悩みがありました。

以前伺った話では、悩みはその方に考えていただきたいテーマを、タイミングよく与えられているそうです。また悩みは解決するためにあるとのことでした。

悩みにも個人的なものから、地球や自然界、また宇宙へと幅広く、その方が今、抱えている悩みは、今、解決しなければいけないものであり、その解決へのプロセスがまたその方の意識を進化させることになると思います。

私達の生まれてきた役割は一人一人違うと思いますが、しかしその中でどの人にも共通することは、私達が生まれ育ったこの地球環境を正常な姿として、次の世代に間違いなく受け継いでいってもらえるように努力することです。

最も当たり前のことでありながら、残念ながら、そのことに気がつくことの出来ない方達が多いということも事実だと思います。

「自分だけがよければいい」という考え方を、普段の生活の中で、自分達が気がつかないうちに身に着けてしまっていたことに、あらためて気がつかされました。

その不調和な考え方が、病気やトラブルやひいては戦争まで引き起こしている、その原因であるとは全く驚きであり、しかしよく考えますとたいへん納得のいくものでもあります。

私達は普段の忙しい暮らしにあまりにも振り回されすぎている部分があり、そのことが結局、人として考えなくてはいけないテーマさえも、あと回しにしていたことに気がつくべきではないかと感じています。

「自分達が生きるために何が大切なのか」
「自分は何のために生まれて来たのか」

実はこのテーマを考えるために生まれてきたとも言えると思います。

そういう意味でも、『宇宙連合からのメッセージ』を通して、どうぞいろいろなことを考え、気がついていただけますと、たいへん嬉しく思います。そして一人でも多くの方達に『宇宙連合からのメッセージ』の三冊の本をお渡しいただけますよう、切に希望いたします。

只今【宇宙連合・なんでも相談室】を開いています。

宇宙に関すること以外に、普通どの方でも持っている悩みごと、また個人的な質問等、どのような質問でも、本当になんでも お気軽にご連絡くださいね。

連絡先　090－9977－3723

お手紙の場合は各出版社宛にお願いします。

※『宇宙連合からのファーストメッセージ』は
（株）文芸社進行管理課　ＴＥＬ03-5369-1962

※『宇宙連合から宇宙船への招待』は
（株）たま出版　ＴＥＬ03-5369-3051

購読ご希望の方は、上記までご連絡いただければ、
直接お届けいたします。

著者紹介

セレリーニー・清子《きよこ》

1995年突然の出来事により『宇宙連合』の高次元の意識体との通信が始まる。それ以後、一般の方達からのあらゆる疑問・質問に対して、チャネリングを通じて回答している。著書に『宇宙連合からのファースト・メッセージ』（文芸社刊）、『宇宙連合から宇宙船への招待』（共著・たま出版刊）がある。

タビト・トモキオ

約30年前より真理の道を求め続け、苦難の末『宇宙連合』の高次元の意識体より様々な導きをいただくこととなる。それは治療の極意であったり、地球人の意識を高める方法や、地球の自然破壊の変化をどのようにしたら遅らせることが出来るのかなどである。また【宇宙連合・なんでも相談室】を開いており、**霊的相談も含めて**、幅広い方達からの相談にも具体的な回答を伝えている。著書に『宇宙連合から宇宙船への招待』（共著・たま出版刊）がある。

宇宙連合から宇宙旅行への招待

初版第１刷発行　2002年9月17日

著　者　セレリーニー・清子　タビト・トモキオ
発行者　韮澤潤一郎
発行所　株式会社たま出版
〒160-0004　東京都新宿区四谷4-28-20
電話　03-5369-3051（代表）
http://www.tamabook.com
振　替　00130-5-94804

印刷所　東洋経済印刷株式会社

乱丁・落丁本お取り替えいたします。

ISBN4-8127-0068-X C0011